表写真・昭和三十三年時、氷川小学校校門前にたたずむ銀杏の木。（氷川小学校PTA提供）
カラー写真・氷川小は廃校になったが、現在も同じ場所で色付く。（平成十七年秋撮影、藤澤正昭氏）

赤坂物語

題字——河端泰子

赤坂物語　目次

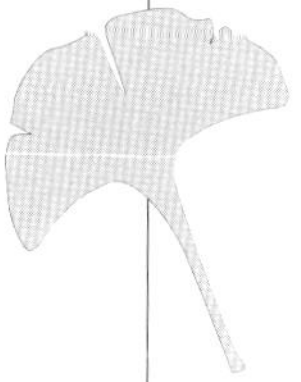

凡例　一、本文は昭和五十九年の初出を尊重し、建物名、会社名、地名等の表記は、基本的に初出のままとした。
一、本書籍編集部が必要とした判断した場合には、（　）内に註を施した。

以上

この世をふること
二百余年
銀杏は見た
赤坂のさまざまな出来事を
さまざまな人を

プロローグ

夢はまぼろし、月日の流れは矢の速さにもあい似たりとやら……。

お初にお目にかかります。と、申しましても、私は赤坂は東南の高台、氷川町《ひかわちょう》の一角（編注、旧氷川小学校正門、現氷川武道場近く）に立つ「銀杏《いちょう》」の木でございます。

身の丈《たけ》、十一メートル、胴回り三・六七メートル。大きなことが、とりえといえば、とりえでございましょうか。性格は豪放磊落《ごうほうらいらく》にして、情にもろしとは私をよく知る人の弁でございます。

赤坂の土地に生まれ育ち、この世を経ること二百余年。幸《さいわ》い台地に立つものなれば、梢の先より赤坂の町を一望《いちぼう》し、その歴史の一部始終を見続けてきた次第でございます。

時の流れに、世のさま、人のさま移り変わりて、仰《あお》ぐ赤坂の朝日の、そして夕日の幾度《いくたび》。

ああ、ほんに人様ならでも心はあるもの。銀杏のこの身とて、軽やかな五月の風に何の屈託もなくさやさやと、緑の葉を鳴らして歌う時もあれば、冷たい雨の夕暮れには今は遠くなった人々のことを想って、涙のしずくを落とすこともあるのでございます。

そっと瞼《まぶた》をとじれば、今も心に泛《う》かびくる懐かしき人々のかずく。

そして、その中に、とりわけ忘れられないお方が一人……。

ええ、そのお方を縦糸《たていと》に、赤坂のさまざまな想い出、横糸に、織ってみむとや、綴ってみむとや、赤坂模様、人模様……。

さても、世にふる銀杏の赤坂今昔《こんじゃく》ものがたり、暫《しば》しお耳を、いえ、お目を拝借できましたら、とても嬉しゅうございます。

その一

祝福の
青葉、若葉も輝いて
今をときめく
赤坂の町

はい、あの日のことは今でもよく覚えております。ここ二百年の間に、赤坂の町が、人々が、あれほど胸をときめかせ、喜びに酔いしれたことがあったでございましょうか。

明治三十三年、五月十日、午前三時、東の空に月は残光をとどめ、闇は未《いま》だ地上を支配して町も人も眠りにまどろむ頃、赤坂福吉町《ふくよしちょう》の九條邸では、ご当主九條道孝公爵はじめ家中《いえじゅう》の人々が起きそろい、張りつめたような緊張感に包まれていたのでございます。

京の御所のそれを思わせる、白壁の塀にゆったりと囲まれた九條邸は三千坪の広さを持ち、こんもりした木立ちの奥に純日本風のお屋敷が見えかくれしていたのでございますが、今、その窓からは気忙《きぜわ》しげに行き来する人々の姿が影絵のように揺れ動き、のっぽの私には手にとるように中の様子を眺めることができたのでございます。

九條家のただならぬご気配は、もっとものこと、この日は九條家の姫君、節子様《さだこ》が明治天皇の日《ひ》嗣《つ》ぎの皇子《みこ》・嘉仁親王《よしひとしんのう》（後の大正天皇）にお輿入《こしい》れなさいます、ご両家の、というより天下の佳《よ》き日だったのでございます。

節子様は、摂政関白藤原兼実《かねざね》公二十九代の御末《おんすえ》、九條道孝公爵第四女にあらせられ、あと一月余《ひとつきあま》りでおん年十六になられる可憐な姫君でございましたが、きりりとひきしまった口許、濃い眉のあたりに、聡明な意志の強さをも感じさせるお方でいらっしゃいました。

夜半より始まった節子様のお支度は、おん沐浴《もくよく》に引き続き、「おすべらかし」にお髪を結い上げた後、お化粧へと順調に進み、いよいよ十二単《ひとえ》の着付けにとかかられたのでございます。

五月とはいえ、少しく肌寒いような夜明け前の透明な空気に、今日の天気は五月晴れの快晴《かいせい》間違いなし、と安堵しつつ、刻々とお支度《したく》の整う節子様の花嫁姿を拝見するのが、嬉しいような辛いような、ほのかな痛みが胸をつき、思わずかぶりを振ったは我ながら笑止《しょうし》なことでございました。と、申しますのも、私と九條様のお屋敷とは実に目と鼻の距離にて、毎朝毎夕ごく間近《まぢか》に節子様とお顔をあわせるものなれば、その愛らしさに、気品に、知らずのうちに心魅かれていたもののようでございます。

幼女時代のあどけないお顔や、溌剌《はつらつ》とした少女時代の面影を追いつつ、しばし感慨深い思いにひたるうち、陽《ひ》は昇り始めて節子様のお支度もすっかり整われたのでございます。

この日のために新築された九條邸の御車寄《みくるまよせ》には、雲鶴模様《うんかくもよう》紅白緞子《こうはくどんす》の幔幕《まんまく》がかけられ、お庭も塵《ちり》ひとつなく掃き清められて、今や東宮御所からの使者を待つばかりの邸内には、息苦しいほどの緊張感が漲《みなぎ》り、朝陽《あさひ》に目覚めた小鳥たちのさえずりが、この日ほど声高《こわだか》に聞こえたことはないような気がしたものでございます。

やがて時計の針は定刻の午前七時をさし、その針が動くか動かぬうらに、蹄《ひづめ》の音も高らかに高辻《たかつじ》東宮《とうぐう》侍従長《じじゅうちょう》ほかお迎えの使者のご一行が馬車をつらねて九條邸にご到着。同、七時三十分、いよ〳〵節子様のご出発でございました。

御成婚当時の節子《さだこ》様
（大日本蚕糸会編「貞明皇后」より）

吉見内侍《よしみないじ》に導かれて、紅《くれない》の長袴《ながばかま》さやさやと御《み》車寄《くるまよせ》に歩《ほ》を進められた節子様は、はっと息を呑むような美しさ。つややかな黒髪に輝く黄金の釵子《かんざし》、亀甲《きっこう》の地紋の浮かぶ赤紫の唐衣《からぎぬ》。十二単に重なった衿元が華やかな調和をみせる胸元に、見事な彩色《さいしょく》絵模様をほどこした挿扇《かざしおうぎ》もあざやかに、まさに内裏雛《だいりびな》の雛人形かと見まごうばかり。

御車寄に横づけされた馬車に姫君が静かに乗りこまれると、九條邸の門外にて待機していた先導の近衛騎兵《このえきへい》がしずしずと蹄を動かし、次に萬里小路《までのこうじ》、蜂須賀《はちすか》の両式部《しきぶ》の馬車が。次に長崎、廣橋《ひろはし》の両御慶事係の馬車が……というように、ものものしい馬車の行列が動き始めると、早朝にもかかわらず九條邸の門前につめかけ、息をひそめて見つめていた観衆から、どっと歓喜の声があがったのでございます。

「節子様　バンザイ!!　バンザイ!!」

「皇太子様　バンザイ!!　バンザイ!!」

長い行列の中ほどに、扉に金菊章《きんきくしょう》の輝く、ひときわ立派な節子様の御馬車が通りかかると、興奮の極に達した人々から「ワァーッ」という言葉にならない歓声があふれ、思わずおこる拍手の渦、

御成婚式の光景・赤坂（風俗画報）

また渦……。

　道の両側に並んでいた人々の数は、節子様のお姿を一目、拝見したいという町の人で、いつの間にか三重《みえ》、四重《よえ》の人垣になるほど増えて、日の丸がちぎれるように振られる中、計十台の御馬車と、礼装に身を包んだ都合《つごう》一小隊の近衛騎兵の行列は、宮城の賢所《かしこどころ》をめざして、まず九條邸より右へ福吉町、田町六丁目八番地角を右へ、溜池堀端《ためいけほりばた》通り、葵坂を下《お》りて左へ虎ノ門に入り、外務省前通りを経て桜田門より宮城に入るという手順にしたがい、おごそかに華やかに、赤坂の町に夢のような絵巻物の世界をくり広げたのでございます。

　当時、東京府は十五区六郡（明治十一年制定）に行政区画されており、現在の港区のあたりは「芝区」「麻布区」「赤坂区」の三区に分けられていたのでございますが、「赤坂区」とは赤坂・青山の両地区を包含《ほうがん》するものでございました。

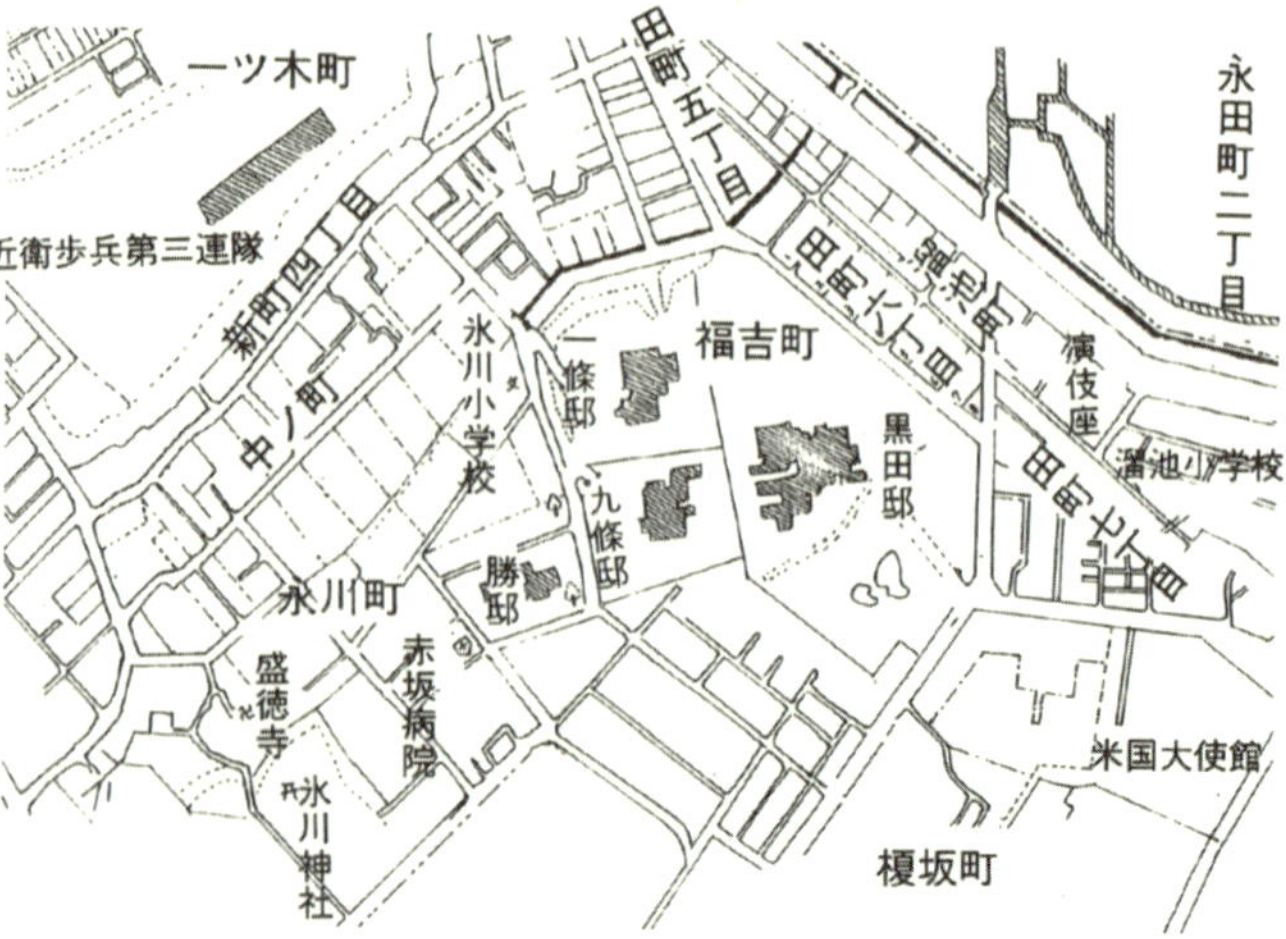

明治末期の福吉町（現赤坂二丁目）ちなみに近衛第三連隊（現TBS)、勝邸(現氷川武道場辺り)、九條邸(現日本ユニシス辺り)、黒田邸（現赤坂ツインタワービル、他）

此の度の東宮御婚礼に際しては、各区で競うようにさまざまの奉祝《ほうしゆく》行事が行われたのでございますが、とりわけ赤坂区は東宮様（皇太子様）の住まわれる青山御所あり、節子様の九條邸ありで、東京府内で最も栄誉ある区とされ、人々の意気も頗《すこぶ》る高揚し、各家庭では門前に軒提灯《のきぢようちん》と各種の造花を飾りつけ、国旗を掲げて心からの喜びの気持を表わしたのでございます。

また、青山御所御門前、赤坂区役所前、九條邸前、葵坂、紀伊国坂《きのくにざか》には、古代の門飾りを模して「奉祝大典《ほうしゆくたいてん》」の文字を掲げた新工夫のアーチ（緑門）が設けられて、一層の華やかさを添えたのでございました。

やがて、九條邸の前から行列は徐々に遠ざかり、私は節子様のお顔が緊張のためか、幾分青ざめて見えたのを案じつつ、励ましの力をこめて御馬車を見送ったのでございます。

五月晴れの、雲の翳《かげり》ひとつない青い、明るい空を、いざ、出で立ちの日の吉兆《きっちょう》と頼んで……。

その二

いにしえを
尋ね、訪ねて
今日《きょう》を知るらん

お輿入れの行列が、九條邸前より完全に姿が見えなくなると、いまだ興奮さめやらぬ人々のざわめきは三々五々《さんさんごご》、朝の町に散ってゆき、この閑静な屋敷町は再びいつものひっそりした静けさに戻ったのでございます。

明治中期の赤坂山の手には、皇族はじめ政府の高官、華族、権勢家《けんせいか》が多く住まわれていたのでございますが、この日の赤坂は、まさに今をときめくの観がある華やぎようでございました。

古くは奥州街道の一筋《ひとすじ》にかかる地とはいえ、ひなびた村落に過ぎなかった赤坂の移りかわり、人の移りかわりとは、いったいどのようなものだったのでございましょう。暫く、さらに時をさかのぼりますこと、お許しくださいませ。

＊　＊　＊

私がもの心ついたのは徳川十一代の御代《みよ》、家斉《いえなり》様の頃（一八〇〇年頃）でございます。

当時の赤坂は、東に江戸城を仰ぎ、その外堀へと続く溜池は青い水をたたえ、水際には緑したたる桐畑《きりばたけ》が広がる風光明媚《ふうこうめいび》な土地でございました。

何でもこのあたりに、人が住み始めたのは今から六千年前のことだそうで、現に青山墓地では縄文時代の土器が、一ツ木通りの付近では貝塚が発見されている由。高台の裾《すそ》には水田が多く、それゆえ大和朝廷の時代には荏原郡《えばらぐん》桜田郷《ごう》（後に豊島郡へ編入される）という地名であったとか。余談ながら、隣の郷は御田郷《みたごう》で、今も三田として地名の残っているあたりでございます。

平安時代の末から、この付近は桓武《かんむ》平氏の流れをくむ豪族江戸氏の勢力下にはいり、戦国時代の一五二四年には、小田原の北条氏綱《うじつな》様が、太田道灌《どうかん》様亡きあと江戸城を守っていた上杉朝興《ともあき》様を高縄原《なわはら》（現高輪）で打ち破り、やはり戦場であった一ツ木原《ひとつぎがはら》（現一ツ木通り付近）で勝ちどきの声をあげたと伝えられております。

当時のこのあたり、街道沿いは人馬の往来が絶えず、町屋の賑わいがあったものの、そのほかは見渡すかぎり緑の野原と田畑で、その中に農家が肩寄せあうように点在して村落をなす風景であったとか。

村名として記録されておりますのは一ツ木村（あるいは下一ツ木村）→現在の元赤坂と赤坂四丁目付近。原宿村→現南・北青山。下渋谷村→現南青山六・七丁目から西麻布二・四丁目。今井村→現赤坂六・九丁目。桜田村→現新橋・虎ノ門・愛宕付近。飯倉村→現麻布台・東麻布・芝公園付近。阿佐布《あざぶ》村→現六本木南部と元・南・西麻布。三田村→現三田一・二丁目。芝村→現芝三・五丁目。などで、四百年以上を経た今日《こんにち》に、文字通り「名残《なご》り」をとどめる地名が、嬉しや、ここかしこに……。

それよりさらに時は移り、天正十八年（一五九〇年）、北条氏は徳川家康様に討たれ、江戸城は太田道灌築城より百三十五年、北条氏が有すること六十七年にして徳川家に帰したのでございます。

家康様が江戸城に入られてまもなく、江戸城総構え工事が始まり、江戸城付近の整備が行われたそうにございますが、赤坂地区が急速に開けていったのは、まさにこの時が契機でございます。

赤坂は江戸城の西寄りの地に山手台地《やまのて》の一画をなすため、家康様は江戸城西部外衛《せいぶがいえい》の地として赤坂の高台には、徳川ご三家の一つ、紀伊徳川様はじめ、大身《たいしん》の旗本、大名屋敷に給地され、低地は幕下藩士の宅地にと分給され、以後この地は武家屋敷町として定着、発展していったのでございます。また、赤坂の変化の一つは寺社の急激な増加でございますが、これは鎌倉、小田原、あるいは徳川氏や諸大名の縁故の地から寺が江戸に移動したり、諸大名自らが江戸屋敷の邸内に国許《くにもと》の寺社を遷座《せんざ》してまつるのが相次いだ結果でございました。

紀伊徳川様、すなわち紀伊和歌山藩大納言の中屋敷は、江戸三十六見附の一つ、赤坂見附門（赤坂御門）のすぐ近くで、――遙か明治の時代には皇宮地に召され、明治の欧風文化を今にとどめるネオバロック様式の赤坂離宮、現赤坂迎賓館が建設される――ここは、八代将軍吉宗様が生まれ育ったところでもございます。この紀州屋敷のほど近く、現・赤坂小学校の地には、吉宗様（一六八四～一七五一）のご信頼ことのほか篤《あつ》く、江戸南町《みなみまち》奉行《ぶぎょう》を勤められた大岡越前守《えちぜんのかみ》様（一六七七～一七五一）のお屋敷がございました。

ちなみに、紀州屋敷は昔、赤根山（茜《あかね》が多くとれたので茜山とも書く）と呼ばれた高台にあり、紀伊様のお屋敷ができてから側《そば》の坂は「紀伊国坂」といわれるようになったのでございますが、それ以前は赤根山（茜山）に登る坂ゆえに「あかね坂」↓「赤坂」と呼ばれていたそうで、このあたり、一帯を赤坂と呼ぶ起源であるとか。

名力士　雷電為右衛門
（平凡社「世界大百科事典」より）

紀伊国坂のふもとにある赤坂小学校が明治初年に開設せられた時には、茜陵《あかさか》小学校と称しましたのも赤坂の由来を示唆するものでございましょう。

さて、残念ながら少しの時間の行き違いで、私は名君といわれた吉宗様も、名裁判官として慕われた大岡越前守様も、直接お姿を拝することはかないませんでしたが、もの心ついた一八〇〇年頃、赤坂の、いえ江戸一番の人気者として人々の注目を集めていたのは天下無敵の力士、雷電為右衛門《らいでんためえもん》でございました。

当時は、老中田沼意次《おきつぐ》様の悪政に加え、天明六年（一七八六年）には豪雨による江戸大洪水があり、それがため以前より続いていた天明の大飢饉《ききん》はついに極に達して、赤坂・青山の下町では米屋の打ちこわしが始まるという騒ぎが起こったばかりの頃でございました。

飢《う》えは心の飢えをも招き、江戸の空気もすさみがちでございましたが、ようやく飢饉もおさまった頃、今は赤坂三分坂《さんぶざか》わきの報土寺《ほうどじ》に眠る雷電が世に出て、どんなに人々の心を湧かせてくれたことでございましょう。

明和四年（一七六七年）、信州生まれの関太郎吉こと雷電は、二十一歳の時、赤坂の雲州《うんしゅう》松平侯

神奈川県の久里浜に上陸するペリー一行
（共同通信社提供）

（編注、その屋敷跡は閑院宮《かんいんのみや》邸を経て、現在一部が赤坂エクセル東急ホテルとなっている）お抱えの力士となり、身長一九七センチ、体重一六九キロの巨体からくり出す怪力は向かうところ敵なく、遂に張り手、上突っ張り、かんぬきの三手を禁じられたというほど。

　四十三歳で引退するまで、二十一年間三十二場所、三役を下ることなく、二五四勝十敗、勝率九割六分二厘という古今最高の記録をうちたてたのでございます。豪勇《ごうゆう》無双《むそう》の反面、几帳面なところもあり、十三年間、巡業の旅日記をこつ〳〵書き続けていたとか……。

　その雷電が、赤坂でひと悶着《もんちゃく》おこしたのは文化十四年（一八一七年）のことでございました。雷電は、当時の報土寺の住職圓意《えんい》と同郷のよしみから、報土寺に鐘を寄附することを思いたったのでございますが、その鐘たるやすこぶる異様のもの（鐘の中央には雷電自身の肖像、その上に「天下無双雷電」の文字、鐘の下縁は一六俵の土俵の形になっている）であり、折りしも鐘堂《しょうどう》の再建が幕府のご禁令にふれること百も承知の上にて、鐘供養《かねくよう》の日には音楽を奏し、一番鐘は麻上下《あさがみしも》をつけた雷電が、二番鐘は人斬り浅右衛門、三番鐘は吉原の遊女花扇《はなおうぎ》が撞《つ》くという華々しさ。しかも、この鐘は金《きん》を大量に鋳込《いこ》んだために小判が原形で露出している、というまことしやかな噂までとび、江戸市中、この話題でもちきりでございましたが、幕府はふとどき千万《せんばん》と関係者一同を検挙し、鐘はとりはずされ、雷電は江戸払いを命じられたのでございます。

ほんの冗談のつもりであったのか、深い思惑があったのか、雷電の心今は知れずも、問題の鐘は幾つかのお寺を転々とした後、昭和の現在、結局報土寺に納まっておりますものなれば、さぞや雷電、そいつぁ本望と、苦笑しているやもしれませぬ。

雷電が亡くなったのは、文政九年（一八二六年）でございますが、世盛《よざか》りを過ぎた徳川様のご屋《や》台《たい》にひびが入り始めましたのも、この頃でございました。百姓一揆、蛮社の獄と、なんとのう世の中が騒がしくなり、遂に徳川二五〇年の眠りを破る黒船の来航。幕府の独断による日米不平等条約の締結……。これを契機として、人々の幕府への不信感は一挙に高まったのでございます。

かくて、内には尊王攘夷《そんのうじょうい》、倒幕の気運みなぎり、外には黒船の脅威迫り、さしもの徳川様の運命や此は如何に。一介《いっかい》の銀杏の身ながら、手に汗もて見守るに、赤坂は元氷川町、氷川神社の裏手涯《うらてがけ》下《した》、盛徳寺（移転して今はない）の隣りに住む、幕臣・勝安房守《あわのかみ》様（海舟）なる人、軍艦奉行ののちに陸軍総裁に抜擢され、十五代将軍・慶喜様をたすけて獅子奮迅《ししふんじん》の働き。あわや、官軍の江戸城総攻撃の日があと二日と迫った日に、西郷隆盛様と会見して江戸城無血明け渡しに成功。無事、政権交代のこととあいなり、徳川様のご家名《かめい》も存続されることになったのでございます。

勝様は、静岡（駿府）に隠居せらるる慶喜様に従って、赤坂より彼《か》の地に移られたのでございますが、それから四年後、その勝様が赤坂に戻られ、私の立っているお屋敷の新しい主《あるじ》になられようとは、全く思いがけないことながら心はずむことでございました。

それと申しますのは……

その三

名もなき花の
いわれは
知らねど……

葵のご紋といえば徳川様。それほど世に名高い紋所《もんどころ》でございますが、実は古来、葵の前には銀杏が徳川家の家紋であったといえば、耳をそばだてる御方が多いことでございましょう。

いえ、いえ、根も葉もないことではございませぬ(有力な学説)。徳川様では代々、銀杏を神木《しんぼく》として丁重にお取り扱いくださり、一族の御廟《ごびょう》堂《どう》には必ず銀杏をお植えになるのがならわしでございます。

それればかりか、家康様七代の祖、松平信光様の墓碑に、また家康様の父君、松平広忠様の御廟堂・三河岡崎、松応寺の玉垣《たまがき》の内外には銀杏紋(剣と銀杏を組み合わせた剣《つるぎ》銀杏紋)のみが刻まれているのでございます。

かれこれそのようなことが、徳川様に、そして徳川様にゆかりの深い勝様に、私が少なからぬ親しみを覚える所以でございます。

さて、勝様が、ここ赤坂氷川家敷に移ってこられたのは明治五年、ちょうど五十のお歳の時。度重ねて協力を求める新政府の呼びかけに、已《や》むなく応じられることになり、静岡の徳川慶喜様のもとから赤坂に戻られたのでございます。

維新直後の赤坂は、旧大名は国許に、旧幕臣の大半は静岡に引きはらったため、多くの武家屋敷は住む人を失い、一時はさびれた状況でございましたが、やがてその跡地に新政府の高官、あるいは京都から天皇とともに新しい都に移ってこられた元公家の方々が新たに住まわれるようになり、

明治 30 年頃の勝海舟伯爵
（赤坂氷川屋敷の庭にて）

勝様が移って来られたのも丁度、その頃でございました。

勝様は、身長が五尺（約一五〇センチ）そこそこと小柄ではございましたが、眼光鋭く、かぎ鼻、引き締まったあご、と一種精悍《せいかん》な感じすら漂う方でございました。ちなみに剣道修業中の少年の頃の渾名《あだな》は「牛若丸」とか。自由闊達《かったつ》なお人柄で、言いにくいこともはっきり口にされる反面、殺生《せっしょう》嫌《ぎら》いで庭の草木すらあまり刈るのを好まず、困っている人を見ると、もう知らん顔で見過ごすことができなくなるご気性《きしょう》なのでございました。

赤坂の氷川屋敷は元五千五百石取りの大旗本・柴田七九郎様より買い受けたもので、敷地は約二千五百坪。やや古びたりとはいえ、間数の多い武家屋敷にて、ご門は黒門の昔造《むかしづく》り。そこを見越しの松が臥龍《がりょう》のようにたなびき、敷石をたどってゆくと、左右に高張提灯《たかはりぢょうちん》を掲げた玄関があるという、江戸のなごりがそのまま残るお住いでございました。

裏庭には、つややかな緑につらなる茶畑があり、新緑の頃には家中総出《いえじゅうそうで》で賑やかな茶つみが始まり、やがて片隅にしつらえてある製茶場から何ともいえぬ芳《こうば》しい香りが漂ってきたものでございます。

当時、私はこの茶畑の一角に立っており、後年、道ばたの塀ぞいに十メートルほど移植されて現在に至っている次第でございますが、夕方なぞは茶畑をふらりと散歩される勝様を、時折りお見かけしたものでございます。

勝様は赤坂に三度《みたび》住まわれたことがあり、最後の氷川屋敷の時代が最も平穏な時代でございました。

当時(明治八年)、勝邸の向かい、赤坂福吉町《ふくよしちょう》の高台、一万坪の地には十五代慶喜様のあとを田安《たやす》家より継がれた徳川家達《いえさと》様の広大な大名屋敷があり、当主家達様は静岡七十万石の知事でもございましたが、なにぶん十五歳のお年のことゆえ静岡よりも赤坂のお屋敷におられることが多く、後見役の勝様がよくお訪ねになっておいででございました。

家達様は、もの静かで学問好きなお方でございましたが、多少肥満気味で、勝様が「もっと運動をされた方がよいのでは」とご忠告申し上げると、素直にうなずかれ、それからはよくお邸《やしき》の裏手にあるクローケー（クリケット）遊戯場で汗を流されていたものでございます。

貴族院議長時代の
公爵、徳川家達氏

明治十年六月、家達様は長期英国留学の途《と》につかれ、数年を経て屋敷はとりこわされて、俗に十六代将軍と呼ばれた家達様の跡地に、新政府の先鋒《せんぽう》として公卿《くげ》ながら奥《おう》羽鎮撫総督《うちんぶそうとく》をつとめて東京に凱旋《がいせん》されたこともある九條様、そしてお隣りには一條様が住まわれるようになったのでございます。

家達様に英国留学をお勧《すす》めしたのは勝様

でございますが、ご自身も早くから蘭学という洋学を修めて欧米人の友人が多かったせいでございましょうか、洋風の食べ物にも興味を持たれ、特にカフェ（珈琲）、ケーキ、銀座木村屋の餡《アン》パン、築地かめやのバターが大のお気に入り。お客様にも時折りカフェをふるまわれましたので、赤坂の氷川屋敷に行くとカフェが飲めると、評判になったものでございます。

かくして「洋風」にはなじみ深い勝様でしたが、やがて氷川屋敷の広い庭を、六人の青い目の孫が走り回ることになろうとは、夢にも思われなかったことでございます。

勝様の青い目の孫とは、三男の梶梅太郎さん（母親は長崎の梶くま女）と米国婦人クララ・ホイットニーさんとの間に生まれた一男五女の可愛い子供達のことでございます。

はい、ことのいきさつをお話し申し上げる前に、まずホイットニー一家の皆様をご紹介させて頂くことに致しましょう。

ホイットニー一家は、アメリカの商業学校の校長をしていた父親のウィリアム・コグスウェル・ホイットニー氏（来日当時五十歳）が東京に開設予定の商業学校の校長兼教師として日本に招かれたため、明治八年八月、アンナ夫人（四十一歳）、長男のウィリス（二十歳）、長女のクララ（十五歳）、次女アデレード（七歳）とともに、はるばるニュージャージー州のニューアークより来日されたのでございます。

ところが、さまざまな行き違いがあって、予定されていた官立の商業学校開校のメドが立たず、職につけないホイットニー一家の家計はたちまち逼迫《ひっぱく》。一家が遠い異国で思いがけない困難にあえ

若き日のホイットニー兄妹
左より　次女アデレード、長女クララ、長男ウィリス
（講談社提供）

いでいる時、物心両面にわたって救いの手をさしのべたのが、勝様だったのでございます。

ホイットニー一家は、敬虔《けいけん》なクリスチャン一家でございましたが、病弱なアンナ夫人を支える三人の子供の誠実な親孝行ぶりは勝様をして感嘆せしめ、明治十一年には赤坂の氷川屋敷の庭に一家のために家を新築し、おたみ夫人とともに、なにくれとなく面倒をみられるようになったのでございます。

そもそも勝邸は大家族で、勝様は「離れ」の通称「海舟書屋《しょおく》」で起居《ききょ》しておられましたが、母屋《おもや》と庭の長屋には、親類やら、食客やら集まって暮らしていらっしゃいましたので、なかなか賑やかなものでございました。

後年、国民新聞を発行し、平和主義を提唱した徳富《とくとみ》蘇峰《そほう》、蘆花《ろか》の兄弟も若き頃、書生として勝邸内に住まわれたことがございます。

その中で、勝家の子供達とホイットニー家の子供達は年齢が近いところから、たちまち仲良しの遊び友達に……。

ホイットニー兄妹は、「勝」という名前が‘cats’《キャッツ》（猫）と、彼らの耳には聞こえるところから勝家の子供達を‘kittens’《キトンズ》（子猫ちゃん）と、親しみを込めて呼んだものでございます。

勝家の子供達とは、――長女で内田家に嫁した内田夢夫人、次女の疋田《ひきだ》孝子《こうこ》夫人（ともに勝邸内同居）、米国アナポリス海軍大学校を卒業して帰国されたばかりの長男の小鹿《ころく》さん（二十六歳・明治十一年当時）は別格として――クララさんと同じ年のためにとりわけ仲が良かった三女の逸子《いつこ》さん

勝家の女性。左より　三女・逸子（目方家へ嫁す）、
長女・内田夢、たみ夫人、次女・疋田孝子

（十八歳）、呑気で明るい性格の三男（次男は夭折《ようせつ》）梅太郎さん（十四歳）、腕白《わんぱく》な四男の七郎さん（十二歳）でございました。

　クララさんは小柄でふっくらした身体つきの利発な少女で、十五歳で来日した時から母のアンナ大人に代わって家事を担当。また、母親とともに勝家の人々や、希望する人々にキリスト教、英語、オルガン、料理、裁縫を教えておられましたが、非常に評判が良く、高名な文化人の来客が相次ぎ、ホイットニー家の居間にお客様と笑い声が絶えなかったのは、若きクララさんの人柄の魅力に負うところが多かったように思われるのでございます。

　梅太郎さんはクララさんに尊敬の念を抱き、クララさんは愛すべき少年として、梅太郎さんに好感を持たれるようになったのは、この頃でございましょうか。

クララさんの日記には、ホイットニー家のお客様、森有礼氏（後に文部大臣）、富田鉄之助氏（後に日銀総裁）、大山巖氏（陸軍大将）、津田仙氏（農学者・津田梅子の父）、内村鑑二氏、福沢諭吉氏らの名前にまじって、「ウメタロウ」、「ウメタロウ」と梅太郎さんの名前がぽつり、ぽつりと……。

けれども明治十三年、ホイットニー一家は、医学を勉強していた長男ウィリス氏の勉学完成のため、一時米国へ帰国。無事ペンシルバニア大学を卒業するも、クリスチャンドクターとして日本人のために働いて欲しい、というアンナ夫人のたっての願いにより、明治十五年、人西洋回りで再び日本に向けて航海の途についたのでございます。

ところが、父親ウィリアム氏が病を得てロンドンで客死。ようやく日本に到着した傷心の遺族四人は、勝家の人々に暖かく迎えられて再び勝邸内の元の家に住まわれたのでございますが、翌明治十六年、夫の後を追うようにアンナ夫人も亡くなられてしまったのでございます。

日本を心から愛したアンナ夫人は、ホイットニー兄妹、勝家の人々に見守られながら、青山墓地の「外人墓地」第一号地に手厚く葬られ、今や立派な医師となったウィリス氏は母の弔慰金《ちょうい》で勝邸のすぐ隣、赤坂氷川町十七番地に四百坪の土地を購入して明治十九年、慈善病院『赤坂病院』を開設したのでございます。

同じくこの年、クララさんは大柄な見違えるような若者に成長した、四つ歳下の梅太郎さんと結婚。国際結婚を忌避《きひ》する当時の風潮を押しきるような形で……。それから十年の間に次々と六人の子供が生まれたのでございますが、勝様は全ての孫の名付け親となり、幼な子達が元気に遊ぶ姿を目を細めて眺めておられたものでございます。

歌をよくつくられた勝様は、悠悠自適の晩年の生活を、好きな梅になぞらえて

藪《やぶ》の梅　ひとり気ままに香りけり

と、歌われましたが、その梅の花がまだ咲ききらない、明治三十二年、一月二十一日、入浴直後に突然、脳溢血で倒れられ、七十七歳の生涯を閉じられたのでございました。

勝様を慕い、頼みの綱とする多くの人々の嘆きの中で……。

善人ではありながら、働くことの長続きしない梅太郎さんには頼れず、六人の子供を持ちながら明治女学校で教師をつとめたりもしたクララさんを、蔭ながら援助してきたのは勝様でございました。

義父である勝様を、恩人とも、唯一の理解者とも頼んで敬愛していたクララさんは強い衝撃を受け、六人の子供の将来のためにもアメリカに帰る決心をされたのでございます。

クララさんを含めて、ホイットニー一家を知るお方は少ないと存じますが、明治八年に来日した、この外国人一家の小さな足跡は、思いがけない所で今も息づいているのでございます。

クララさんの父上、ウィリアム・コグスウェル・ホイットニー氏は、勝様の寄金により開設した

明治 42 年赤坂病院玄関前で。中央はウィリス・ホイットニー夫妻、他は日本人医師、看護婦。（渋沢輝二郎氏提供）

商法講習所の教師をつとめられましたが、氏の教えた簿記法は主要簿記理論の一つとして受け継がれ、商法講習所は現在の一橋大学にと成長。今日《こんにち》、その図書館には初代教授の功績を称えて、正装の威儀をただしたウィリアム氏の等身大の肖像画が掲げられているのでございます。

また、クララさんの兄上、ウィリス・ノートン・ホイットニー氏の開いた赤坂病院は、慈善病院として貧しい人々に献身的につくし、一時は在日キリスト教宣教師や信者などの援助により拡張を続けたのでございますが、後年経営困難に陥《おちい》り病院は閉鎖（昭和二年）。

けれども、病院の伝道部のみは残り、現在も赤坂教会として引き継がれているのでございます。近年、新しく建て直された教会の礎

赤坂教会（旧赤坂病院）―赤坂六丁目、右写真と同位置
（ちなみに現在、赤坂二丁目にある赤坂病院は、旧赤坂病院とは無関係）

石には「ホイットニー記念」と刻まれた小さな文字が……。

今は誰《たれ》ぞ知るや、ひたすら近代化を急いだ明治の日本に心を寄せ、手を貸してくれたホイットニー家の人々の後半生は、苦労の多い、恵まれないものでございました。

勝様の他界された翌年、明治三十三年五月、互いに気持を残しつつ、クララさんと梅太郎さんは離婚。アメリカ出発の直前に撮った写真には、二人の顔に抑《おさ》えてもにじみでる悲痛のいろが。

もはや、生きて再び会うこともないと思えば、クララさんの胸に、梅太郎さんの胸に去来するものは……。

言葉を口にすれば、悲しみでくずれおちそうな心を恐れて、深い眼差しと眼差しでかわす「SAYONARA」と「さよなら……」。

勝家の庭には、母アンナ夫人の大好きだった、あざやかなつつじの花が今を盛りに、無心に咲き乱れておりました。

別れを惜しむなごりはつきないものの、やがて時は迫り、幌《ほろ》深くに身を沈めたクララさんと六人の子供を乗せた数台の人力車は、一路《いちろ》横浜をめざして、ひっそりと赤坂から旅立っていったのでございます。

* * *

……時は五月の新緑萌えて、夏めく日差しが眩しいその道は、勝邸の真向かいにある九條家の姫君の華やかなご婚礼行列が、つい数日前に通ったばかりの道でもございました。

日本を去る日のクララ一家。(明治33年勝家の庭で)
前列左より　四女礼(エルザ)、三女幸(メーベル)、長女和気(アディライン)、五女勇(ヒルダ)、長男梅久(ウォルター)。
後列左より二女喜乃(ウィニフレッド)、父梅太郎、母クララ。
(講談社提供)

その四

光と影、
その中を人はさまようや
旅人のごとく……

今も「プラザ赤坂なんでーも」に残る九條家のグランドピアノ

さて、話は戻り、明治三十三年五月、九條道孝公爵第四女、節子様の天皇家お輿入れにより、世々《せぜ》摂政関白の極官《きょくかん》にあった九條家は、皇室外戚《がいせき》としてますますその地位を固められたのでございます。

また、道孝様のご三男、節子様のすぐ下の弟君は男爵九條良致《よしむね》様と申されますが、明治後期に京都西本願寺大谷家より姉上様に優るとも劣らない美しい姫君、大谷武子様を妻に迎えられたのでございます。

この御方が、才色兼備の女流歌人として後の世に名高い九條武子《たけこ》様で、やはり同時代の女流歌人、九州の柳原白蓮《びゃくれん》女史とともに白バラ、赤バラと並び称され一世を風靡《ふうび》されたことがございます。

九條家はこの良致様もそうであったように、ご子息は皆、英国へ留学されるという進歩的なお家柄で、節子様の長兄である九條道実様は明治二十二年に英国へ留学され、赤坂のお屋敷には当時としてもまだまだ珍しいグランドピアノをお持ちでございました。

お屋敷の近くに立つ私には、風の向きの時々によって、そのなめらかな異国の旋律が微《かす》かに耳に届き、懸命に演奏される節子様のお姿が慕わしく思い浮かぶのでございました。

銀杏のくせに生意気な、などとお叱りくださいますな。何となれば銀杏の木には、やはり進歩的なことに雌雄《しゆう》の別があり、雌株《めかぶ》には秋にギンナンの実がなりますが、あいにくのことに私は実がつきません方で。

このグランドピアノは節子様のお嫁入りの後、九條家から氷川小学校に寄贈され、子供達はご紋のついたその立派なピアノに大喜びしたものでございます。

唱歌室から、幾分頼りなげではありますが、あのピアノの音が聞こえてくると、まるで節子様がすぐ近くにいらっしゃるような気がして私まで胸が高まったものでございました。

その節子様は、御成婚の式典の後、嘉仁《よしひと》親王とともに赤坂の東宮御所、通称表町御殿《おもてまちごてん》(赤坂表町に面しているため)で、新しい生活を既に始めていらっしゃったのでございます。

節子様の出られた九條家も、非常に由緒あるお家柄ではございますが、宮廷のしきたりはまたおのずから異なり、そのならわしを完全に覚えられるのが、宮中での第一歩でございました。早速、皇太子妃御用掛りとして六人の女官が任命され、主任は二代の皇后にお仕《つか》えし、宮廷のこと一切《いっさい》に通じた老練な萬里小路幸子《までのこうじゆきこ》女官。その厳しさは、名前を聞いただけで若い女官がちぢみあがるほど畏怖《いふ》の的でございましたが、「節子様が将来、立派な国母陛下になられるように渾身《こんしん》の努力をささげてお導きしなければならない」という信念のもとに、十六歳になるやならずの皇太子妃に徹底的な教育が開始されたのでございます。

節子様はご幼少の頃を農家で過ごされたこともあり、のびのびとしたご性格で、華族女学校初等小学校の時代は溢れる才気と、てきぱき機敏な動作でクラスの人気者でございました。

ある日など、授業の休み時間に突然姫君の口から「オッペケペ、オッペケペ、オッペケペッポペッポッポー」と奇妙な歌（川上音二郎のオッペケペー節）が飛びだし、深窓育ちの同級生が目をみはるなか、「巷《ちまた》では、今これが流行なのですよ」と無邪気に口ずさまれたり、賊軍官軍《ぞくぐんかんぐん》遊びという遊戯ではいつも大将格におしたてられて、元気いっぱい運動場で大活躍されていたのでございます。

忠義からとはいえ、時に鋭い小言《こごと》の矢も飛ぶ萬里小路女官の厳格な教育にも、持ち前の明るさと気丈さでよく堪え、徐々に宮中に溶けこまれていったのでございます。

しかしながら、非常に高貴な御方のことゆえ、内々《ないない》にされておりましたが、節子様のご夫君、嘉仁親王はご病弱な方でございました。

御父君である明治天皇は、大帝とたたえられ、英明の君王として多くの国民の尊敬を集めていらっしゃいましたが、一人の親としては随分お心を悩まされたようにございます。節子様とて、お優しいうえ漢詩を始め能筆にあらせらるる嘉仁親王が、ご病床に伏す度、どうしてこの御方ばかりがこのような目にと、涙をそっとぬぐわれるのでございました。が、幸いなことに、嘉仁親王におかれましては、赤坂の東宮御所にお住まいの時代には、とてもお元気そうに拝せられ、お二人の仲睦まじげなご様子や、明るい笑い声は、いかめしい御殿の空気さえもほのぼのとしたものに感じさせるほどであったのでございます。

ご結婚の翌年、明治三十四年、四月二十九日には、玉のような男の子がお生まれになり、お二人はもちろんのこと、明治天皇も初孫を抱きかかえられて大喜びなさったのでございます。時に嘉仁親王二十一歳、節子様は十七歳にほど近い十六歳でございました。

裕仁親王（昭和天皇）
明治 35 年、満 1 歳の時

振り返ってみれば、孝明、明治、両天皇とも、その皇后様との間にお子様が授からず、お世継ぎは幾代か続いて典侍《てんじ》のお腹様《はらさま》から出られたものでございますれば、このご正嫡の誕生は万世一系《ばんせいいっけい》を願う天皇家、日本国民にとって誠におめでたい限りでございました。

この元気のよい赤ちゃんこそ、天皇、裕仁様。今上陛下（編注、昭和天皇）にあらせられます。

その後、節子様は三人の皇子をご出産されましたが、その御方たちが現在の秩父宮様（故人）、高松宮様（編注、故人）、三笠宮様でございます。

折りしも、政界では伊藤博文侯が政友会を結成して、内閣総理大臣をつとめていらっしゃいましたが、一年足らずで解散。その後を、桂太郎氏が継ぐことに決まったばかりの頃でございました。そして明治三十八年、日清戦争の勝利に続いて日露戦争にも勝利をおさめた我が国は、極東の未開の小国から、東アジアの安定勢力国として、世界列強の国々にその存在を認められたのでございます。

思えば開国からわずか四十年足らず。古くは魏志倭人伝《ぎしわじんでん》、マルコポーロの東方見聞録にその存在を知られるだけで、日本という、この小さな国は長崎をのぞいて、四方を囲む海より厳しい鎖国の掟にしばられていたのでございます。

その掟が解き放たれるや否や、日本は猛烈な勢いで西洋の文明を消化吸収し、対外的には自国防衛の基礎を築くという飛躍的な進歩をとげたのでございますが、これには、維新の嵐の中で幼少時代を過ごされ、十五歳で即位された明治天皇の指導的役割が大きく、人々も心から尊敬申し上げていたのでございます。

しかしながら、明治四十五年、むし暑い七月の半ば、東京全市に「号外、号外！」という声が響き渡り、何事ならんと新聞を買い求めた人々の目に、「畏《かしこ》くも聖上陛下は御重態なり」という大見出しの文字が飛びこんだのでございました。

人々の天皇を案ずる気持は一方《ひとかた》ならず、その後の新聞で伝えられるご病状の様子に一喜一憂し、東京市電気局は車輪のきしる音が宮城に響くことを恐れて半蔵門から三宅坂を通る市電の徐行を命じ、また両国の川開きや劇場での公演も中止されるなど自発的な謹慎が続き、宮城前の二重橋にはぞくぞくと人がつめかけ、脱帽して頭を垂れ、あるいは砂利に土下座をして天皇の平癒《へいゆ》を祈念《きねん》したのでございました。

……その願いも空しく、七月三十日、午前零時四十三分、明治天皇は崩御され、十七分後の七月三十日、午前一時をもって皇太子嘉仁親王は新天皇となられ、元号も大正と改められたのでございます。

明治天皇崩御の知らせは、各国に打電され、かつて敵国であったロシアの新聞「ノウォエウレミヤ」（新しい時間の意）は即刻社説を掲げ、「ロシアはこの天皇の晩年にあたり幾多の苦痛をこうむるを免れなかったが、今、その崩御を聞くに及んで尊敬哀悼《あいとう》の意を表する。敵たると味方たるとを問わず、偉人はあくまでも偉人である」と述べて、日本の人々を感激させたのでございます。

明治天皇の死は、多くの人々に強い衝撃を与えたのでございますが、とりわけ哀しみに憔悴《しょうすい》の色濃く、かえって、その身が案じられましたのは、赤坂新坂町（現赤坂八丁目）に住まわれる陸軍大将・乃木希典《まれすけ》様でございました。

その五

時は変わりて
今まさに
開かれなむ　菊の華
揺れる大地は何の兆しぞ

激戦をきわめた日露戦争で、東郷平八郎海軍大将とともに大功績をおさめた陸軍大将、乃木希典様ではございましたが、旅順の戦いでは数万の兵士と我が子を失い、その責任にご自身を苛《さいな》まれる日々が続いていらっしゃったことがございました。

それを、非常に心配されて「乃木に子をやろう」と学習院長を命じられたのは、明治天皇でございました。

乃木大将もまた、厚い信頼を寄せてくださる明治天皇に感激し、一身を捧げてお仕え申し上げてきたのでございます。

それが……。明治天皇崩御後は、心の支えをなくされたようにおやつれになり、物思いにふけっていらっしゃるようでございましたが、大正元年、九月一三日、明治天皇のご大葬の夜に、赤坂のご自宅で「切腹」という壮烈な最期《さいご》を遂げられたのでございます。

音に聞こえた名将の古風なる殉死は、既に近代人たるを自覚していた当時の人々に生々しい衝撃を与え、日本中に一大センセーションをまきおこしたのでございます。

いつしか、時の流れとともに乃木大将のお名前も聞かれなくなりましたが、残暑厳しい九月の頃になると、あの時の痛ましい驚きとともに愛馬に乗って赤坂新坂町のご自宅から山王下を右に宮城へと向かわれる乃木大将の瀟洒《しょうしゃ》なお姿を、ふと思い出すのでございます。

乃木様は、ここから歩いて二十分ほどの、現在は六本木（編注、六本木ヒルズ）、テレビ朝日となっております旧麻布北《きた》日《ひ》ケ《が》窪《くぼ》の長州、毛利長門守《ながとのかみ》様のお屋敷内で、その家来衆の一人、乃木希次《まれつぐ》様の

日本ボーイスカウトの創始者でもある正装の乃木大将。
自刃《じじん》の日の朝に撮影した写真（雄山閣提供）

ドイツ兵舎を参考に自ら設計した乃木邸。赤坂八丁目に現存

第三子として嘉永二年（一八四九年）にお生まれになったのでございます。

　しかしながら、上の兄君二人は夭折《ようせつ》。ご自身も、その生命が危ぶまれるほどのひよわな赤ちゃんで、それゆえにご両親は万が一の覚悟のため、いえ反語の祈りをこめて「無人《なきと》」と幼名をつけられたのでございます。

　ようよう七歳の頃は、泣き虫のために「泣人《なきと》」と遊び仲間に渾名《あだな》される有り様で、このころから、剛直なる父上の人並みはずれた厳しい武道教育が始まったのでございました。武芸の稽古の後には、よく赤穂《あこう》四十七士の話をされて忠義の尊さを説き、また武士たるもの、愚痴と不平は決して申さじ、と強く戒《いまし》められたのでございます。

　巷《ちまた》では知られざることでございますが、乃木大将の片方の目は、空を映し、花を映し給いても、その姿をとらえることが能《あたわ》ず、外見は常人と変わりなく見えて、実はほとんど失明に近い状態でございました。

　これは、ある夏の朝、母上が誤って当時の重い「かや」のつり手を、まだ寝ていた乃木少年の目の上に勢いよく落としてしまったためでございましたが、それを母にも告げず、他言もされず、大将亡き後、身近に様子を目撃していたご弟妹《きょうだい》によって、初めて明らかにされたのでございます。

　後年、赤坂新坂町五十五番地（現赤坂八丁目）の乃木邸には忠義なる武将をしのんで乃木神社がまつられましたが、今でもそこには乃木大将愛用のドイツ、ツァイス製の双眼鏡、ならぬ単眼鏡が残されているのでございます。また、乃木邸わきにあった通称、幽霊坂はいつの頃からか乃木坂と呼ばれるようになって……。

　ちなみに、乃木邸のすぐ近くには、やはり明治天皇のご信頼篤く、維新三傑の一人といわれた木戸孝允《たかよし》様（明治十年没）がお住まいでございました。

　乃木希典様……。幼い頃、武士ではなく文人になりたいと心密かに願った青年は、運命の皮肉か、戦いの度に出世をし、やがては軍神とまで称えられましたが、西南の役では持っていた官軍の軍旗を紛失し、これに死に値するような重い責任を生涯感じられたのでございました。（それかあらむ、将軍の眠る青山墓地の墓碑の裏には、没年月日が二つ刻まれているとか……。）

　その後の戦いでは、常に死んでもともと、という無常感がおありになったようで、それが生きながらにして「無人」と名づけられた幼い心と、何とはなしに重なり合うような気がしてならないのでございます。

とまれこうまれ、乃木大将の自決は明治天皇の崩御とともに、華やかな、けれども激動の明治の時代が確実に終わったことを人々に強く印象づけたのでございました。

そして、新たな時代の責任を譲り受け、悲嘆にくれる間もなく新天皇と皇后となられた嘉仁《よしひと》様と節子《さだこ》様は、身が引き締まるような不安と緊張を心に秘めながら一歩ずつ歩き始められたのでございます。

大正の時代が落ちついてから、節子様はお側の人に、その時の気持をこう、もらされたそうでございます。

「なんといっても、明治天皇さんがお崩《かく》れになった時ほど、悲しく、心細く感じたことはありませんでした。涙という涙が、すっかり流れ出してしまったような気がして……。あの、お偉かった明治天皇さんのお後を受けて、若い私達が、どうして継いでいけることだろうかと心配で、心配でなりませんでした」と。

そのために、節子様は神ながらの道を究《きわ》めようと、神道の筧《かけい》克彦博士をお召しになって、その講義をお聞きになり、納得のゆくまで質問をくり返されたのでございます。

その結果、これでよいという確信を初めて得られ、お弱い陛下を背後からお支えしようと決意を新たにされたのでございました。

一方、赤坂福吉町の九條家では、明治三十九年に公爵道孝様が病没された後、ご嫡男道実《ちゃくなんみちざね》様が公爵となられ、大正天皇のお側で掌典《しょうてん》次長として多忙な日々を送っていらっしゃいました。

明治天皇のお側で掌典長をされていた父君の後を継いだ道実様は、それゆえ掌典次長と申されても、実質は宮内省の儀式や祭典をとり行う最高責任者の立場にあり、今つつがなく明治天皇のご大葬の儀を終えてほっとする間もなく、今度は大正天皇即位のご大礼をとり行う綿密な計画を練られているところだったのでございます。

それから月日の流れること三年余り。大正四年十一月吉日、入念な準備に準備を重ねた即位のご大礼が、ようやく京都御所にて行われることになったのでございます。

もちろん、明治天皇が崩御されてすぐに大正天皇は即位されたのでございますが、この即位のご大礼は、天皇の地位を全国民に宣布する一世一代の国家的大儀式で、町には奉祝大典の浮き浮きしたような気分が流れ始めたのでございます。

公爵　九條道実氏
（節子妃兄上）

節子様はご懐妊で臨月が間もないため参列されることはかなわず、十一月六日、午前六時、奉祝の陸軍将兵のおごそかなラッパの音《ね》におくられて、天皇の行列が宮城を出発されるのをそっと見送られたのでございます。

翌七日、天皇ご一行は京都にご到着。京都御所には皇族、華族、政府閣僚、各国大使、公使及び学術関係者がお集まりになり、荘重と華麗を極め

皇后　節子様

大正天皇

た雰囲気の中で、即位の儀式が次々と行われたのでございます。

京都ではその夜、極彩色《ごくさいしき》の花火が空を染めたということでございますが、東京市内にも祝賀気分があふれ、この赤坂の町も私の傍をおみこしや山車《だし》が賑やかに練り歩き、人々は皆、お祭りのような気分にひたっていたのでございました。

やがて、夜も更け、興奮と熱気に疲れた東京の街が深い眠りに落ちた、午前三時二十一分、突然大地が揺れ、あまりの激しさに、人々も私も驚愕してとび起きたのでございます。

これが、大正四年十一月の東京異常群発地震の序幕でございました。

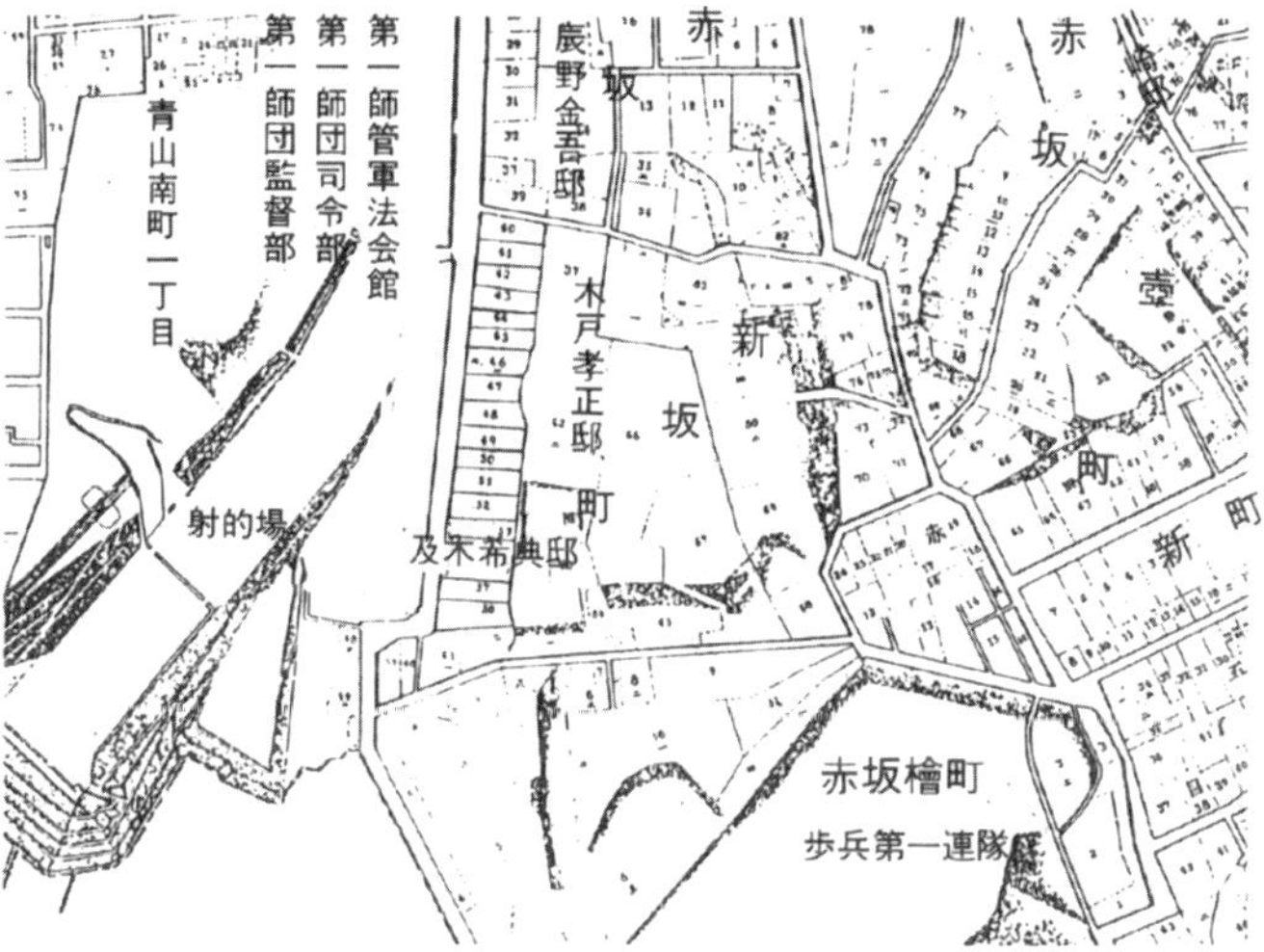

明治末頃の赤坂新坂町付近

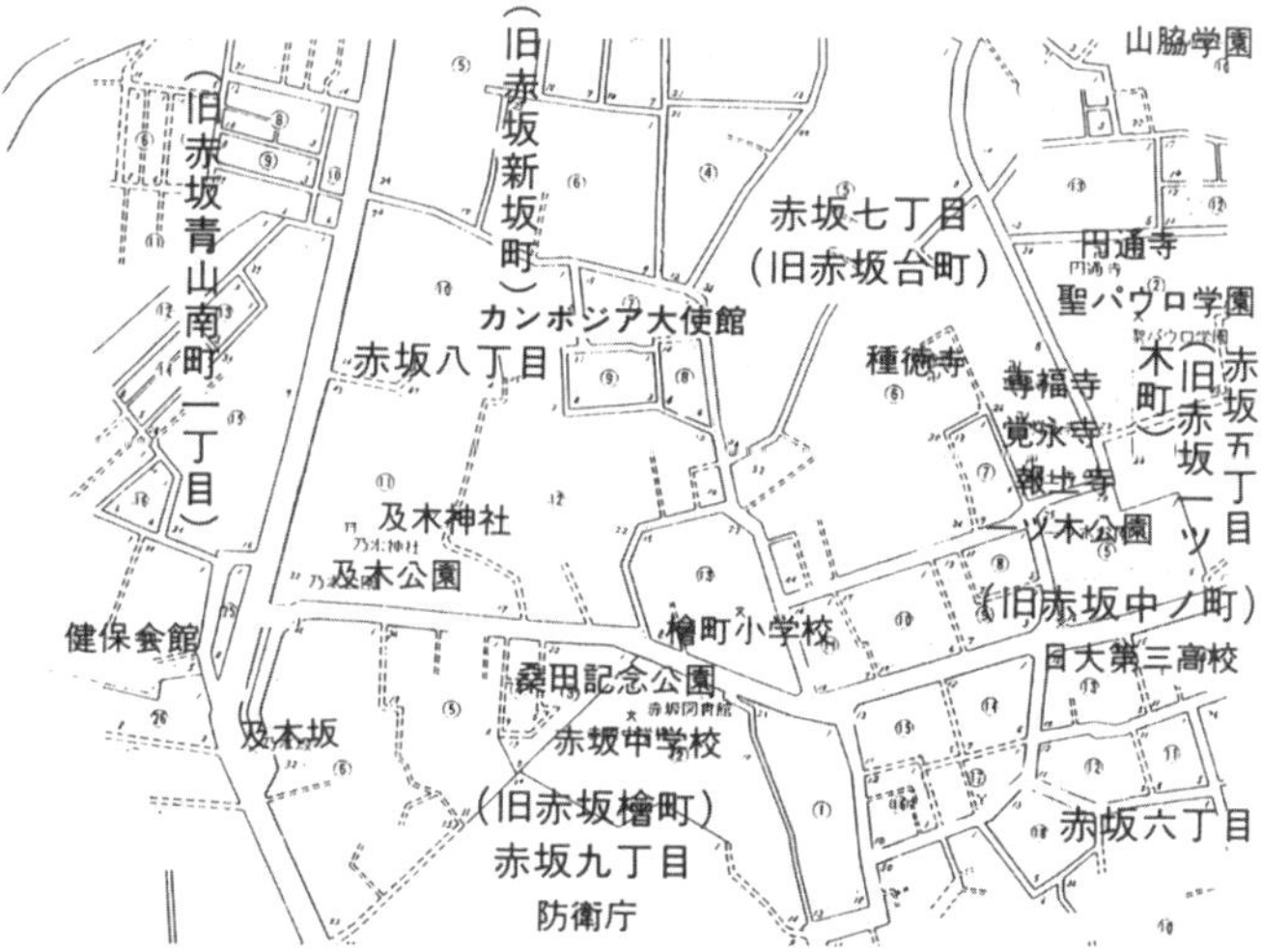

昭和 59 年当時の同付近（赤坂八丁目）

その六

様々な人々、
様々な思惑《おもわく》からみつつ
回る、回る、
時の車輪はきしみながら……

大正４年１１月大正天皇即位のご大礼で、
東京市民は祝賀気分であったが……

それから五日間の間に、強弱とりまぜて、実に六十五回の地震が東京市を襲ったのでございました。人々の心は不安に揺れ、「今に東京が破滅するような大地震がくるに違いない」と、震えながら噂しあったのでございます。

我が国では俗に六十年ごとに、あるいは丙午《ひのえうま》の年に大地震が起こるという言い伝えがございますが、この大正四年は、安政の大地震よりまさしく六十年目にあたりましたゆえ、人々の恐怖が如何ほどであったかお察しくださいませ。

東京市ではもはや即位のご大礼の、浮き〳〵した空気は消え、今まで紙面の大半をさいてご大礼を報道していた新聞も、連日、地震の詳細を報道するようになったのでございました。

当時、日本の地震学会の第一人者は東京帝国大学、地震学教室主任の大森房吉教授でございましたが、後輩である同教室の今村明恒《あきつね》教授は、統計学的根拠より東京地震百年周期説を唱え、「今後五十年以内に東京市は必ずや大地震に見舞われる」と警告を発したのでございます。

それに対し、大森教授はご自身の学説と、人心《じんしん》の混乱を静める社会的なお立場から、今村説に強い反対をされたのでございます。

事実、その後地震はぴたりとおさまり、あれほどおののいていた人々も、いつしか平穏な生活に戻っていったのでございます。

大正四年、十二月二日には第四皇子、澄宮崇仁《すみのみやたかひと》親王（三笠宮様）がご誕生。明くる大正五年、十一月三日には数えで十六歳になられた裕仁親王の立太子《りったいし》式がとり行われ、大正天皇のご病気がちのご様子や、先年の地震やらで今ひとつ心の晴れない国民にとって、裕仁親王、そして三人の弟君の健やかなご成長ぶりは何かしら、明るい希望の光のように感じられるのでございました。

頼もしげに裕仁親王を見つめる、母君、節子様の胸には、そのお妃候補として既にお二人の姫君の姿があり、お一方は皇族の久邇宮《くにのみや》邦彦王殿下のご長女の良子《ながこ》様、もうお一方は摂家の一條實輝《さねてる》公爵（明治神宮の初代宮司）のご令嬢朝子《ともこ》様でございました。

この赤坂に住まわれた一條様は一條公爵家の本家で、ご当主の男爵一條實孝《さねたか》様は、朝子様の兄君にあたられます。

一條家は、明治天皇の皇后（昭憲皇太后）となられた一條美子《はるこ》様の出られたお家柄で、九條家は節子様の前にも孝明天皇の女御（英昭皇太后）となられた九條夙子《あきこ》様の出られたお家柄でございま

母君、節子様と皇太子裕仁様（昭和天皇）―大正９年６月―

す。

隣り合わせたお家のお血筋から幾代か続いて、皇后様が出られておりますのは、不思議なご縁のように思われますが、実は九條家、一條家はともに関白藤原道長様を祖先にもつ公卿《くげ》華族の筆頭家《ひっとうけ》、すなわち五摂家《ごせっけ》（近衛家、九條家、一條家、鷹司《たかつかさ》家、二條家）と称されるお家柄どうしにて、その昔、同じ血を分け合った方々なれば、そのご縁にも合点《がてん》のゆくことでございました。

また、大正六年に世上《せじょう》の噂をさらったのは、韓国の李王家と皇族・梨本宮《なしもとのみや》家の御婚儀の発表でございました。韓国国内にも反対の声が高く、梨本宮家でも宮内省の突然の申し出にとまどわれたのでございますが、日韓融和の国策のもとに大正九年、婚儀は断固として遂行されたのでございます。

とはいえ、ご本人、韓国太子李王世子《りおうせいし》様と梨本方子《まさこ》様の間には、お会いしてから互いにほのかな気持がめばえていらしたようで……とは、母君、梨本伊都子《いつこ》様の回想。ちなみに伊都子様は、赤坂溜池（現永田町）の空に聳《そび》えたつ広大な純洋風建築の鍋島邸で生まれ育ったお方（鍋島直大《なおひろ》侯爵の長女）でございますが、娘夫婦にあたる李王夫妻の日本での新居も赤坂の近くで、戦禍をまぬがれ現在も赤坂プリンスホテル旧館として、その姿をとどめている建物でございます。

さてこの頃政界では軍備の拡張にともなって、軍部ことに陸軍の政治介入が目立ち始め、内閣は頻繁に総辞職を繰り返している状況でございました。

大正の始め、桂太郎首相の後を継いだのは、通称ゴンベイ大臣こと、剛勇を以て聞こえた六十一歳の山本権兵衛《ごんのひょうえ》海軍大将でございましたが、山本様は十八歳の時、海軍操練所の入門を乞うため、遠く薩摩から西郷隆盛様の手紙をたずさえて、この赤坂氷川町に勝海舟様をお訪ねになったこともございました。

けれども、首相在任中にシーメンス事件（海軍の数人の高官がドイツ・シーメンス会社より収賄を受けていた事件）がおこり、国民の信望と人気の的であった海軍ゆえに世論は高揚し、山本内閣は任期一年余りにして総辞職のはめに陥ったのでございます。

これは、当時日本陸軍の大御所として君臨していた陸軍元帥山縣有朋《げんすいやまがたありとも》公爵の陰謀説が有力で、後の皇太子妃決定にまつわる宮中某《ぼう》重大事件でも、その背後に山縣元帥の影が見え隠れするのでございました。

また、大正三年から第一次世界大戦に参戦していた我が国は、一時的な好景気に見舞われるようになり、「成金《なりきん》」とささやかれる富裕者が生まれ、大財閥はその力をますます強大なものに育みつつあったところでございました。

大財閥といえば、ここ、私の立っておりますところから目と鼻の先、現在はアメリカ大使館宿舎となっておりますが旧今井町には、名にしおう大富豪三井総本家のお屋敷があり、重厚な黒瓦《くろがわら》が朝日にその輝きを誇っていたのでございます。

周りは現在もその一部が残っておりますように厚い石垣の造りで、その上に生垣がしつらえられ、約一万四千坪のお庭を堅牢に囲んでいたのでございます。

そもそも三井家の始まりは、遠くは奇《く》しくも藤原道長様を祖にもたれ、先の五摂家を藤原家本流とみれば、傍系ということにあいなりましょうが、商家としては破格のご出身でございました。道長様の第六男、長家様より五代目の右馬之助信生《うまのすけのぶなり》様の時に京都から近江国《おうみのくに》三井《みい》に移られ、当地の名をとって、初めて「三井」と称された由にございます。

この右馬之助様より――途中に近江源氏佐々木家から養子を迎えながら――くだることさらに十六代目の三井越後守高安《えちごのかみたかやす》様の時、織田信長様に攻め落とされ、ご嫡男高俊《たかとし》様は刀を捨てて商人になる決心をされたのでございます。

そのお店は「越後殿の酒屋」と素朴な尊敬をこめて呼ばれ、後に第四男高利様が延宝元年（一六七三年、江戸時代前期）に、京都、江戸に開いた呉服店を「越後屋」と称した所以でもございます。

高利様は天才的な商人で、三井財閥の始祖とされておりますが、井原西鶴著「日本永代蔵《えいたいぐら》」のモデルの一人でもございますそうで。

また、三井財閥の一つであった「三越」は、この「三井の越後屋」が起源でございますが、明治の終りから大正にかけての三井家は、関係会社四十社を擁する大コンツェルンとして飛ぶ鳥を落とす勢いでございました。

三井総本家の主は、代々「八郎右衛門《はちろうえもん》」の名を継がれましたが、当時の第十代ご当主は本名を三井高棟《たかみね》様と申され、黒ぬりのロールス・ロイス、そのプレートナンバーも「3《スリー》」にて毎朝お出かけになるのでございました。

当時のガソリンが現在のものとどこか違っていたのか、あるいは車そのものがまだ珍しい時代であったせいか、お車が発車した後には、今まで道の脇で息をひそめて見つめていた、かすりの筒袖《つつそで》を着た近所の子供達が道の中央にわっと飛び出し、その排気を胸いっぱい吸いこむと、「自動車って何ていい匂いなんだろう！」とうっとりした顔で口々に言い合うのでございます。

小さな鼻腔を精一杯広げたその顔がおかしいやら、可愛いやらで、私などつい吹きだしたものでございました。

三井家の車庫には車が十台、千五百坪のお屋敷には百人近い奉公人がいて、下働きの人々は、主人八郎右衛門様のお顔を写真でしか存じ上げない有り様でございました。

貴族院議員
侯爵　中御門経恭氏

八郎右衛門様のご令嬢の一人は、同じ赤坂の町内に住む侯爵中御門《なかみかど》家へ嫁がれましたが、お嫁入りの数カ月前より大安吉日の日を選び、紺の半てんをはおった三井家の若い衆が、整然と行列を組んで幾つもの長持《ながもち》を中御門家へと運びこみ、その豪華なお仕度は暫く町内の語り草になったほどでございます。

大正十一年、四月の半ばには、前年の裕仁親王の英国訪問の答礼として来日されたプリンス・オブ・ウェールズ、英国皇太子エドワード様が三井家を個人的に訪問されましたが、その知らせは半年前に赤坂の町内に伝えられており、人々は胸がどきどきするような気持で、この日を待ちわびていたのでございました。

その七

世直し願う人々の心
知りて神が
世直し企みけるや……

やはり当時の英国といえば、大英帝国のご威光も眩しく、日本にとってまこと尊敬すべき先進の国、紳士の国でございました。三井家では庭内に能楽堂を建てるなど準備をつくし、地元の小学校では英国国歌斉唱により歓迎の意を表わさんと、この日のために熱心に練習を重ねてきたのでございました。

晩春の夕暮れがたゆたいながら、赤坂の町をおおい始めた頃、宮内省さし回しの溜色《ためいろ》（黒に近いあずき色）の車が前後を計五台の黒い車に守られて、漸《ようや》くのこと姿を現わすと、氷川神社の先までずらりと並んだ観衆はちぎれるほど大英帝国と日の丸の小旗をふったのでございます。

黒いモーニングに黒いソフト帽といういでたちのエドワード皇太子が、お車から出られたと同時に、観衆はバンザイを三唱し、その余韻が消えやらぬうち、子供達の口から幾分緊張気味の、けれど澄んだ歌声が流れ始めたのでございます。

♬ God save our gracious King,
　Long live our noble King.
　God save the King……

エドワード皇太子は一瞬驚いたように青い目を丸くされましたが、黒のソフト帽を素早く頭からとられると、上気したうす紅の頬を輝かせて、にこやかな笑顔を子供たちに、そして観衆の人々に送られたのでございました。

私も日本帝国の銀杏として恥ずかしくないよう、精一杯、枝を広げて気張っておりましたが、あの暖かな人なつっこい笑顔で、一遍に心が柔らいだことを覚えております。

　エドワード皇太子は現エリザベス女王の伯父上にあたられ、後にウィンザー公と称された方でございます。後年、このお方がアメリカ女性、シンプソン夫人と恋におち、王位を捨ててフランスにお渡りになったのは有名な話でございますが、私などは仰々しく人形のように守られた皇太子のお姿、そしてどこかお茶目なあの笑顔を思い出すと、その人間らしい、思いきった行動にも、ふとうなずけるような、感慨を持ったものでございます。

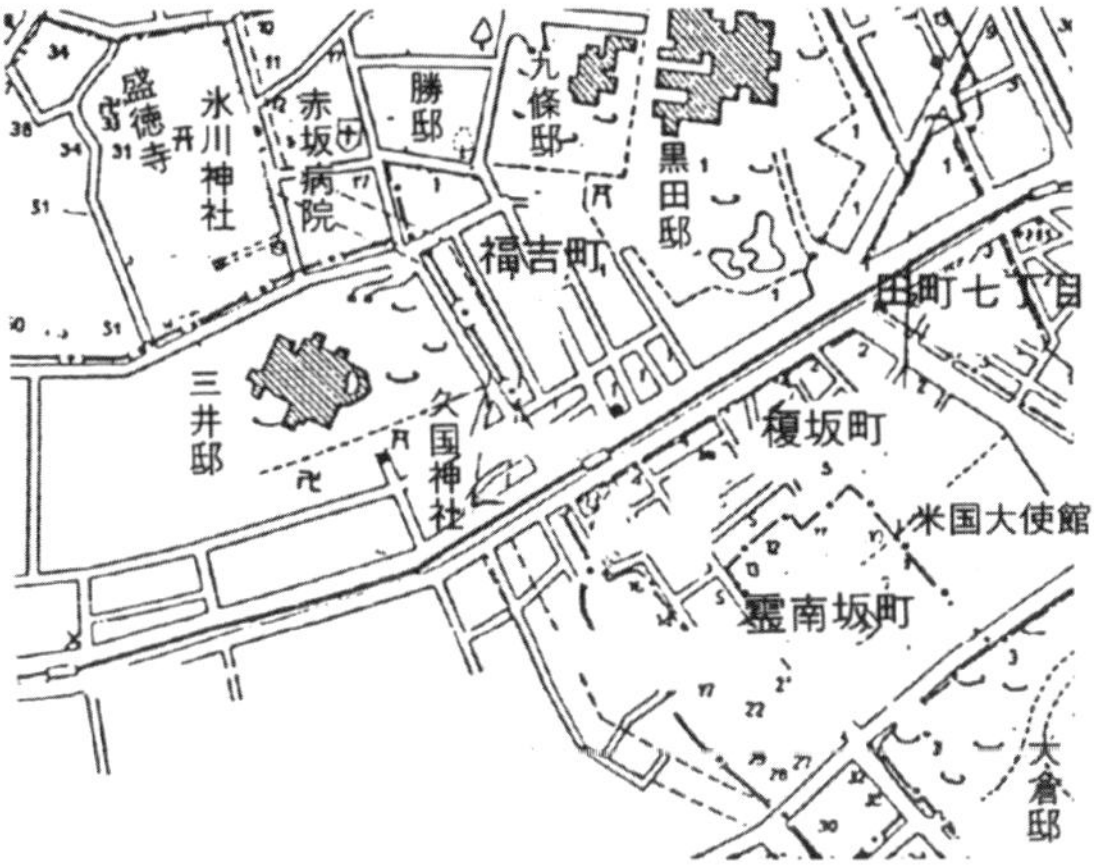

大正時代の三井邸付近。ちなみに三井邸は赤坂区との境界線ぎわ、麻布区今井町（現六本木二丁目）にあった

　三井家の華やかな逸話は数多くございますが、三井財閥の大番頭をつとめた幹部の顔ぶれもにぎやかで、「炭鉱節」に歌われ、かつて日本一の景気を誇った三井鉱山の取締役であり、日本財界の大《おお》立者《だてもの》となった團琢磨《だんたくま》氏、三井銀行の財政を切り盛りした池田成彬《しげあき》氏、また紙幣権頭《しへいごんのかみ》（造幣局次長）から三井物産初代社長となった益田孝氏など多士《たし》済々《せいせい》の風《ふう》でございました。

　現在、音楽家として活躍されている團伊玖磨氏

エドワード皇太子（右）をご案内される節子様、裕仁親王
—大正11年4月、新宿御苑にて—（朝日新聞社提供）

（編注、平成十三年没）は、團琢磨氏の孫にあたられます。三井一族は、赤坂の総本家を頂点として、五本家及び五連家の計十一家で構成されておりましたが、この五連家の一つ、一本松家のご当主は、馬の彫刻で知られた日展系の彫刻家、三井高義様でございます。

「三井を語らずして、日本の資本主義は語れない」と、経済学者をして言わしめた三井家の隆盛は、その後、昭和に入ってからも続くのでございました。

大正十一年五月九日、エドワード皇太子は約一カ月間にわたる日本での公的、私的訪問を終え、節子皇后陛下、裕仁親王の手厚いもてなし、そして三井家を始めとして立ち寄られた各地の人々に感謝の意を表しながら、巡洋艦「レナウン」で鹿児島港より帰国の途につかれたのでございます。無事、エドワード皇太子を見送った宮内省、内務省の関係者はほっと安堵の息をついたものの、皇太子の随行員がふともらした一言が、その胸の底にわだかまっていたのでございました。

「いろいろな噂があるようだが、ミカド（大正天皇）はなぜ我々の前に姿を見せてくれなかったのだろうか……」

裕仁親王の側近は、既に摂政として父君の代行をされている親王のご成婚を早めて、暗い噂を払拭すべきと考え、節子様に奏上したのでございました。

節子様は話を聞き終えると、静かに立ち上がり、凛とした声で答えられました。「わかりました。陛下にご相談申し上げて早急に結論をだしましょう」。

うやうやしくドアがしめられて一人になると、節子様はよろめくように窓辺に両手をつかれて、空を見上げられたのでございます。天皇のご病状は日一日と重くなるようで、ご相談どころではない……。さざめくようなお胸のうらを知る由もなく、五月晴れの空はあくまでも青く快活に見えて、思わず節子様は目を伏せられたのでございます。が、「今は万事、私がしっかりせねば……」と己が心を励まされると、毅然として胸を張り、女官を呼ぶために、鈴をふられたのでございました。

かねて節子様は母校の学習院女子部（旧華族女学校）に行啓された折り、学業参観をもとめて、お心にあった久邇宮良子様をとくと見定め、好ましい感情を抱かれ、天皇家では既に皇太子妃に内定されていたのでございました。それが良子様にご健康上の心配があるとして、当時の陸軍の大御所、山縣《やまがた》公爵の大反対を受け、山縣公が長州、良子様が島津家の流れをくむため、政界は長州、薩摩の二派に対立をし、世論までまき起こっていたのでございます。

国民は大正デモクラシーの洗礼を受けた後、第一次世界大戦の好景気の反動による不景気に苦しみ、世の中全体が騒然とした不穏な状況でございました。

世界に追いつけ、とばかりに走りすぎた明治という時代が包蔵していた様々な問題、そのひずみが大正になって露呈し始めたのでございましょうか。

節子様は中村宮相を呼び寄せられると、穏やかに口を開かれたのでございます。

「ここで何か、ことがあれば国民の様々の不満はその一点に凝結されて、皇室に直接の害があるやもしれません。不確かな危惧のために、確実な危機を招くのは賢策ではありますまい」

かくて六月二十日、正式勅許《ちょっきょ》がおりて、裕仁親王、良子様のご成婚の儀が来秋に行われることになったのでございます。

明くる大正十二年は、相変わらず不景気で、作家有島武郎《ありしまたけお》の心中事件、また八月半ばに現職の首相、加藤友三郎海軍大将の病死と、暗い事件が多く、人々は世直しの機会が訪れるような思いで、ご婚儀の日を待ちわびたのでございました。

そして、夏休み明けの九月一日、土曜日。この日、空は雲におおわれてじわ〳〵と蒸し暑いお天気の日でございました。

その頃はまだ現在の氷川公園の地にあった氷川小学校では始業式がとり行われ、久し振りに子供達の明るい笑い声がここまで聞こえてきたものでございます。お昼近くになって、用務員さんがそろそろ鐘を鳴らそうと腰を上げた途端、地面に激しくたたきつけられ、私も眩暈のような感覚に思わずふらついたのでございます。

次の瞬間、ドーンという大音響とともに地面が沸騰する湯の表面のように激しく上下に揺れ、ふんばった私の根元は砕け散る土の塊を握り、枝はむなしく空をつかみ、この巨体が今にも倒れるのではないかと思われたのでございます。

大正十二年九月一日、十一時五十八分、安政の大地震より実《じつ》に六十八年目、関東大震災の到来でございました。

その八

静まり給え
怒濤の大地よ
我らは天に問う、己《おのれ》に問う
何ゆえの罰と……

赤坂見附から溜池までぎっしり立てこんだ商家はふるいの上の豆粒のように揺れ動いた……〔山王台より赤坂市街（田町・新町）を望む〕
（新撰東京名所図会より）

神の怒りか、うなり声を上げて荒れ狂う大地の波の中で、あえぐ私の視界の裾を赤坂見附から溜池までぎっしりと立てこんだ商家や民家が、まるでふるいの上の豆粒のように押し合い、ひしめきながら震動するのが見えたのでございます。

やがて、黒い瓦が、白い壁が、音をたてて崩れ始めると同時に茶色い土埃が一斉に立ちのぼって街をおおいつくし、もはや街には色彩も消え果てたと思いきや、時を同じくして田町四丁目、新町三丁目の二カ所よりオレンジ色の炎が、暗く染まった空に鮮やかに吹きだしたのでございました。

と、ここまで私が眼下の街を見届けたところで、いったんはおさまった大地が再び激しく揺れ始め、「南無三《なむさん》!!」、私は思わず声を上げて、固く目を閉じたのでございます。

悪夢のような凄じい時間の後、面目もないことでございますが、おそるおそる目を開ければ、あな嬉しや、私が立っておりますここ勝邸、そして九條邸、一條邸、黒田邸、三井邸、氷川小学校（現氷川公園にあった）は、奇跡的にも塀の半分と石燈籠が倒れたぐらいで、外観はほとんど変わらず、流石《さすが》に堅牢《けんろう》に造られたお屋敷のことと、感嘆と安堵の息をついたのでございます。

しかしながら、地震の被害は人家の密集した下町ではなはだしく、やがてこの高台のあたりは、田町や新町から命からがら避難してきた人々の荷車や大八車《だいはちぐるま》でいっぱいになり、各お屋敷では庭内を開放して、人々の救助や看護にあたったのでございます。

一方、赤坂区役所では、中野区長が先頭に立って吏員一同が救護事業に奔走し、売り渋る、焼け残った区内商店より、米、塩、薪、炭を買収し、宮内省より開放せられた青山御所内、主《しゅ》馬寮《めりょう》分厩《ぶんきゅう》にて、午後四時早くも炊き出しを開始したのでございます。

この地震の震源地は相模湾北西部の海底で、関東地方に大被害をもたらしましたが、遠く北海道から朝鮮半島、沖縄に至る地域でも人体に揺れを感じるほどで、最高マグニチュード七・九の大地震だったそうにございます。

混乱の町は無警察状態となり、流言飛語《りゅうげんひご》がとびかったために軍隊が出動し、これに警官、市民の自警団も参加して厳重な警戒が始まったのでございました。

震災の六日前には、現職の首相、加藤友三郎海軍大将が急逝し、外務大臣内田康哉伯爵が臨時総理大臣をつとめていらっしゃいましたが、わずか二日間のうちに全大臣が辞任され、九月二日夕刻、まだ震災の余燼《よじん》のくすぶる赤坂離宮内、萩の茶屋にテントを張り、摂政裕仁親王ご臨席のもとに、ほの暗いロウソクの光の中で山本権兵衛《ごんのひょうえ》内閣の親任式が行われたのでございます。

着任した山本首相は、即、非常徴発令を発布、臨時震災救護事務局を設置する一方、東京、神奈川に戒厳令をしいたのでございますが、様々な恐ろしいデマによって人心の不安は極度に高まっている状態でございました。

節子様は療養中の大正天皇とともに日光の御用邸にいらっしゃいましたので、地震の恐怖はそれほど味わわずにすまれましたが、東京市の七割が壊滅、死者十万名近くに及ぶ大震災の惨状にひどくお心を痛められ、宮城に戻られると各方面に手配をして救援作業を大いに促進されたのでございました。

また、十一月に予定されていた裕仁親王と久邇宮良子様のご成婚の儀は、被災者の人々が落ちつくまで、二カ月ほど延期と決められたのでございます。

やがて、東京市の町々には次々とバラックが建てられて復興の兆しが見え始め、ここ赤坂二丁目でも各邸の庭内には何軒ものバラックが建てられておりましたが、特に広大なお庭を持つ三井家、黒田家、氷川神社は収容人数も多く、三井家だけでも氷川町と福吉町に約三百人の被災者を収容されている状況でございました。

あれは十月から十一月に暦が変わるころでございましょうか。被災者のお見舞い訪問として、節子様のご意向もあり、実質、皇太子妃として良子様がこの赤坂にお見えになったのでございました。

赤坂町内では、せめてもの心尽くしの気持をこめて、お通りになる道に新しい砂を敷き、お待ち申し上げたのでございます。

その日は、あの惨事がうそのような、久し振りに穏やかな青空の日でございましたが、不自由な避難生活に心身ともに疲れきった人々を、暖かな微笑で励まされる良子様の優しいお姿は、まさに秋寒《あきざむ》の中の小春日和の一日そのもののように感じられたことでございました。

年の瀬も迫った十二月二十七日には、裕仁親王が貴族院行啓のために、赤坂離宮から虎ノ門交差点にさしかかったところ、ステッキ銃で御召自動車を狙撃される事件が起こり、幸い親王はご無事だったものの、私はこの事件を耳にした時、明治四十三年、明治天皇暗殺計画を企てたために、幸徳秋水らとともに逮捕された管野スガが処刑寸前、「後に続く者を信ず！」と絶叫したという話を思い出して、ヒヤリとしたものでございます。

知らせを受けた節子様のお顔には、一瞬、蒼い影が横切られましたが、とり乱されることもなく「皇太子様はご無事だったのですね」と低い声で、二度繰り返されると、椅子に深くお体をうずめられたのでございました。

山本内閣は、引責辞職に至り、内閣空白のまま大正十三年の年が明けたのでございます。

一月五日、清浦奎吾《けいご》新内閣が発足したその夜、またも宮城二重橋前で皇室に対する襲撃未遂事件が起こり、一月二十六日、九條道実掌典長のご奉仕による裕仁親王、良子様のご成婚の儀は、いやが上にも厳重な警備の中で行われたのでございました。

バラックが立ち並ぶ沿道には、お二人のお姿を一目、拝見しようと、ぞくぞくと奉祝の市民が集

ご成婚後まもない裕仁親王と良子妃—大正 13 年—
（毎日新聞社提供）

まって参りましたが、警備強化のために「バンザイ」の祝声も禁止され、仕方なく人々は慶びの気持をこめて、日の丸の小旗を精一杯ふりましたので、「ザワザワ」と水鳥のざわめきのような音が、遠く私の耳の底にまで響いたことでございました。

その九

時は巡り巡りて
さまよう人よ
せめて祈らん、
我は……

無事、裕仁親王と良子様のご成婚の儀も終わり、それから一年、人々も町も震災の傷跡から漸く立ち直り、不景気ながら世情も平安を取り戻したかのように見える日々でございました。

しかしながら、長い歴史を観てきた私には、それは底に冷たく淀んだ水を孕《はら》む薄氷《はくひょう》のように頼りない、礎《いしずえ》なき平和と感じられたのでございます。ちょうど当時、女性に人気のあった竹久夢二のはかない美の世界のように……。

こんな時、私はふと主であった勝安房守様（海舟）がふところ手をしながら、口癖の「あゝ、もう世も末だのう、こんなこととじゃあいけねえよ」と歯に衣着《きぬき》せぬ江戸弁も小気味よく、ふらりとこの庭に出ていらっしゃるような気がするのでございました。

勝様は、その昔関東を統治した北条氏の政治に共鳴され、人民の最大多数の最大幸福こそ、政治家の使命と考えていらっしゃいましたが、あのお方だったら、今の世にどのような苦言を呈されていたことでございましょう。

勝様といえば、このころ、ここ赤坂氷川の勝邸には養嗣子《ようしし》である勝精《くわし》伯爵と勝様の孫娘、伊代子様のご夫婦が住んでいらっしゃいました。伊代子様は勝様のご長男、小鹿《ころく》様の第一女で、精様は旧姓を徳川精様と申され、第十五代将軍徳川慶喜様の第十男にあたられるお方でございます。

大政奉還後は静岡市紺屋町《こうやまち》のお屋敷（現、旅館浮月楼《ふげつろう》）で隠居された慶喜様には十一男十一女のお子様があり、後にそれぞれ爵位を授与されて、徳川家の面目を保たれましたが、ご維新当時、朝廷に対する徹底抗戦こそ徳川家の矜持《きょうじ》、と唱えた同家の重臣の中には、平和的解決を成し遂げた勝様の功労を認めるどころか、江戸城開城によって徳川家を滅ぼした大悪人と誹謗《ひぼう》する方さえいらっしゃったのでございます。

しかし、時が歴史的決断の是か非を証明するように、ご維新から二十五年目、勝様が七十歳の時に長男小鹿様が壮年で病死され、勝家の跡継ぎがいなくなった時、昔は側近の言《げん》により勝様を疑ったこともある慶喜様が、このころには勝様を大恩人と認め、すすんでまだ五歳であった精様を勝家の跡取りと決められたのでございます。

昔、四十石の小祿の勝家に元将軍、一位《いちい》様の御子様がおいでくださるとはと、勝家の人々は恐縮しきった様子でございましたが、一人、勝様は、お心のうちはともかく、泰然としていらっしゃいました。

その勝様も七年後に亡くなり、十二歳になっていた精様はこの時、正式に静岡より赤坂氷川の勝家にひきとられ、一つ年下の伊代子様とご兄妹のように育てられたのでございます。そして、精様が慶大理財科卒業後お二人はご結婚。一男五女のお子様に恵まれて、傍目《はため》にも幸福そうなご一家でございました。

勝精伯爵は身長が百八十センチ余り。すらりとした色白の美丈夫で、秀でた鼻の下にはよく手入れをされたひげがたくわえられ、頰のそりあとにはうっすらと青みが漂う、社交界でも人気が高い端麗な方でございました。

また実に多趣味な方で、投網《とあみ》、玉突き、写真、バイク、ボート、野球、鉄砲等々、しかもそれがみな、かなりの腕前なのでございました。特に私の記憶に残っておりますのは、モーターバイクのご趣味で、アメリカはハーレー・ダビッドソン製のバイクで時々赤坂の町を走られ、あまつさえ、ご門の近くに小さな整備工場を設けて人を雇い、いつでも整備できるようになっておりましたので、物珍しさに近所の子供達がよくのぞきにきたものでございました。大正は十四年の頃のことでございます……。

この年の初冬、十二月六日には裕仁親王、良子様に標準より大きいお元気な内親王（女の赤ちゃん）がお生まれになり、東京市の夜空に祝砲が轟《とどろ》いたのでございました。

節子様は、おん年四十一歳の若きお祖母《ばあ》様となられた訳でございますが、ことのほかお喜びのご様子で、良子様を優しくいたわれると、何度も内親王に頬ずりされては裕仁親王ご夫妻の微笑を誘われるのでございました。

大正天皇も初孫の誕生に、ニコニコとご機嫌うるわしく、皇室は冬をとびこえて春が訪れたように、明るい光に包まれたのでございます。

が、それも束の間、十日を経ずして天皇のご容態が急変し、それからは一歩前進、二歩後退のようなご病状のまま、季節が一巡りしたのでございました。

そして大正十五年。年の瀬も迫りつつある十二月二十四日、葉山のご用邸には天皇危篤の報に、ご一族の方々がかけつけられ、天皇の意識が戻られることを祈りつつ、「陛下！」「お上《かみ》！」と静かに、けれども力をこめて、繰り返し名を呼ばれたのでございます。

お元気な皇太子時代の大正天皇(右)。中央右は5歳の現天皇陛下(編注、昭和天皇)、左は弟宮の秩父宮様—明治39年沼津御用邸にて—

節子様は蒼白の顔をこわばらせて天皇の手を握りしめ、その手の先から祈りが通じて奇跡がおこることを一心に念じられたのでございました。

折りしも、午後から降り出した雪は夕刻になると、冬には珍しい耳をおおうような雷まじりの吹雪となり、程近い海岸からは狂ったように岩壁《がんぺき》を打ちつける怒濤の音が迫って、人々の心をいやが上にも不安に陥《おとしい》れたのでございます。

その異常なほどの天候の悪化に誘われるように、天皇のご病状はさらに悪化し、十二月二十五日、午前一時二十五分、数々の病と闘ってこられた大正天皇は遂に四十七歳にして永い眠りにつかれたのでございました。

二十五歳の裕仁親王は悲しみに浸る間もなく、宮城に戻られると、午前三時十五分、新天皇に践《せん》祚《そ》され、翌十二月二十六日より元号は昭和と改められたのでございます。ちなみに「昭和」は書経の「百姓《ひやくせい》昭明、万邦協和」の一文からとられ、君民一致、世界平和の意味を持つものでございます。

翌年、二月の初めには盛大なご大葬の儀も終わり、皇太后となられた節子様は漸く戻ってきた静かな時間の中で、緊張感のために今までこらえてきた様々な想いが、ふと胸にあふれそうになるのを感じて目頭を押さえられたのでございました。

「皇太后陛下は気丈であらせられる」側近の感嘆が思い出されて、節子様は首を振りながら心の中で呟かれたのでございます。

「私は強くならねばならなかった。お上が病を重ねる度ごとに。お上と四人の皇子を守るためにも……。」

皇太子時代、日本帝国のために自らも日露戦争で戦いたいと、思いつめて父君・明治天皇に訴えられた大正天皇。初めてお会いした時、緊張感と不安で硬《こわ》ばった節子様に、優しく微笑みかけられた天皇。そして四人の皇子を心から可愛いがってくださった天皇……。節子様の胸に浮かびくる天皇のお姿は、不思議なことにお元気の頃ばかりのもので、鮮やかな一枚一枚の写真のように語りかけてこられるのでございました。

「皇太后陛下、おやつれのご様子……」の声に、私は痛ましい想いで宮城《きゅうじょう》の森に目をこらしたのでございます。

時が昭和に変わって早二カ月、厳冬の二月末、考えごとをしているうち暗い空の底が白み始めて、紫がかった乳白色のもやが漂う大気の中に朝日が顔を出し、私は若き天皇の新時代に賭ける思いで深く頭《こうべ》を垂れたのでございました。

次第に太陽は空の中で比重を増し、白く降りた霜が、まだ眠りから覚めやらぬ赤坂の町にきらきらと輝いて、私は冷気に思わず身ぶるいしたのでございます。

昭和は静かに、もう歩み始めていたのでございました。

その十

花は紅《くれない》、柳は緑
麗人、佳人、誰《たれ》につくさむ
燃ゆる想いを……

恐れながら、銀杏の身であるこの私が漠然と抱いた時代の不安を裏付けるように、第一次世界大戦と大震災の後の慢性的な不況に悩まされていた大正から、バトンを受けた昭和は金融恐慌の嵐で、その幕が開《あ》いたのでございます。

また、昭和二年、「羅生門」、「河童」で知られる作家・芥川龍之介が「不安……」、自分に襲いかかってくる、何とはなしの、けれど底なしの不安のために死ぬ……」と遺書を残して自殺し、当時の人々の心情にかなり共鳴するところがあったために、社会的にも大きな波紋を投げかけたのでございました。

……これから引き続き、時の移り変わりとともに、この赤坂界隈に住まわれた印象深い人々を語ってゆく時、歴史的背景をも併せてお話し申し上げていきたいと思うのですが、続く金解禁による度重なる経済界の混乱で人々の生活が破綻していく中で、軍部ファシズムの急激な台頭、戦争へと昭和前半の歴史は息づまるような緊迫感をもって繰り広げられてゆくのでございます。

そこで、ひととき息をつき、赤坂の一画に咲く柳暗花明《りゅうあんかめい》の世界（花柳界）へと、ご案内申し上げたいと思うのでございます。

一昔前の赤坂のお正月風景の一つには田町、新町の通りに芸妓《げいぎ》さんが裾模様も華やかな黒の出《で》の着物（お正月やお披露目に着る）に柳結びに帯をしめ、濡れたように結い上がった黒髪に稲穂《いなほ》のかんざしゆらめかせてお茶屋さんにご挨拶回りをする姿が見られたものでございます。

私はこうした綺麗所《きれいどころ》を遠くから眩しく眺める時、その中に思わず染香姐《そめかねえ》さん、いえ、おりんちゃんの姿をさがしてしまうのでございました。

初めて会った時、十二歳だったおりんちゃんは丸顔の愛くるしい瞳《め》をした、まだどこか土の香りを感じさせる少女で、二年前に家の事情のために大森から、ここ赤坂の春本という芸妓屋さんに引きとられたということでございました。

屈託のない明るい性格で、十三の年から半玉《はんぎょく》（雛妓《おしゃく》・お酌《しゃく》さんのこと）になり、名も染香と改めてお座敷に出るようになったおりんちゃんは、何かの折にここを通る度、ふと立ちどまっては、しげしげと私を眺めてゆくのでございます。

何でも、おりんちゃんの生家の近くに大きな銀杏があって、それで何やら懐かしい気がして……と、人通りのない時に問わず語りに塀にもたれて、独《ひと》りつぶやくおりんちゃんの顔は、時には嬉しそうに輝き、時には悲しそうに曇り、せめて私は良き聞き手になろうと一生懸命、耳を傾けたものでございます。

花柳界は古くは、日本橋、柳橋、葭町《よしちょう》がその勢いを誇っていたのでございますが、明治維新後に「汽笛一声《きてきいっせい》」新橋停車場《ステーション》が出来て銀座が開け、近くに中央官庁、銀行、会社が設立されるとともに新橋が脚光をあび、加えて明治二十七年の日清戦争によって日本中に活気がみなぎると、花柳界はますます賑《にぎ》わいを増し出征軍人の祝賀会、各種事業拡張のための祝賀会やらで、新橋のお茶屋は連日大盛況を極めたのでございます。

現在も氷川神社に保存されている、「蛭間そめ」寄贈の鉦鼓、太鼓、羯鼓《かつこ》（左より）

粋と華やかさで売る新橋には、まだまだ遅れをとっていたものの、同じく時と地の利を得たのが、ここ赤坂で、付近の兵営の設置（一ツ木通り、現TBSの地は元近衛歩兵第三連隊があった）、及び帝国議会（現国会）の開設によってお客が急増するとともに、伝統に縛られない新しい経営法により、かなりの賑わいを呈し始めたのでございます。

明治の初め、新興にすぎなかった赤坂の花街は昭和五年ごろには芸妓屋一四〇軒、芸妓四〇八名、待合・料理屋二四軒（数字は「港区の文化財第五集」より）と、新橋に肩を並べるまでに成長したのでございます（このあたりをピークとして、その数は減少の途をたどり、昭和五十九年現在は芸妓も一九〇名ほどとなっている）。

赤坂の芸妓屋の中で二大勢力をふるったの

は、前述の「春本」と「林家」で、現在もこの流れをひく芸妓屋が非常に多く、その名前の中に「春本」あるいは「林」の文字を抱く芸妓屋が全体の七割を占めているほどでございます。昭和五十六年、勲四等宝冠章を受けた赤坂小梅《こうめ》さんは林家系の「若林」の出身でございます。

赤坂で「春本」を開いたのは、本名を蛭間《ひるま》そめ、若い時分の妓名を太閤《たいこう》秀吉にちなんで「秀吉《ひできち》」といい、その名の通り赤坂花柳界の天下をとった女人《にょにん》でございました。大正三年に還暦を迎えた時には赤坂の鎮守である氷川神社に、明治四十五年の内国《ないこく》博覧会で銅賞を獲得した見事な羯鼓《かっこ》、太鼓《たいこ》、鉦鼓《しょうこ》を奉納し、後年この世を去った時は、東京中の主だった火消しの頭《かしら》衆《しゅう》の木遣節《きやりぶし》に送られて、その葬儀の行列の先頭が青山墓地に到着した時、最後部の人々がまだ赤坂田町の「春本」を出発できていなかったというほどでございました。

「春本での生活はね……」おりんちゃんがゆっくり口を開く。「お座敷が幾つもある広い家の中に女ばかりが百名近く、男の人は一人もいないの。ただ赤夕ビさんと呼ばれる便利屋のお兄さんが時々来てくれて、きりりとした紺のももひきに縞《しま》の半纏《はんてん》、赤い夕ビに白い鼻緒の草履《ぞうり》という、それはいなせな恰好でてきぱき働いてくれます。

うちには芸妓が五十人ほど、半玉は私を含めて六人、養成中の女の子が五人ほど。それに芸妓の衣裳着付や三味線、着替えをお茶屋さんに運ぶ箱屋さんという女性が数人、お勝手やお針さんをする女中が十数人という構成で女の寄宿舎のよう。お風呂は毎日、朝からわかしてあって、食事は広間で皆でいただくの。だから拍子木《ひょうしぎ》が鳴ったら、すぐ走って行かなくてはおかずがなくなってしま

明治後期　赤坂の名妓、「万竜」

うから、朝寝坊したら大変よ」

ここでふっと笑顔になると、それからちょっと厳しい目付《めつき》になり、

「それは世間の人には偏見を持っている人もいるだろうし、私も生家の商売が傾かなければこの世界に入らなかったと思うの。でもね、私はこの世界が嫌いではないわ。今はともかく、踊りも鼓もお三味《しゃみ》もすべて修業の身、いつか立派な芸者になって親孝行したい……。この春本にいた万竜《まんりゅう》さんのようになれたらねえ」

次第におりんちゃんの双眸《そうぼう》は黒くきらきらと輝いてくるようでございました。

万竜は、明治の終りごろ一世を風靡《び》した赤坂の名妓で、今でも一ツ木通りにある書店「金松堂」では当時、そのブロマイドが売れに売れ、「酒は正宗《まさむね》、芸者は万竜……」と唄にもなる騒ぎ、色白でふっくらした頬の、上背《うわぜい》のある美しい人でございました。また現在、米国大使館のある霊南坂のあたりは旧赤坂榎坂町と申しますが、ここには新橋花柳界出身で明治の某実力政治家の寵《ちゅう》を一身に受け、その権勢に「淀君《よどぎみ》」と呼ばれた、お鯉《こい》さんという方が住んでいたこともございました。

明治中期の新橋の名妓、「お鯉」

その十一

抒情の夢は
破られし
未明のできごと……

「淀君」といわれた、このお鯉さんばかりでなく、芸妓さんは政界、財界など各界の一流人と接触する機会が多いため、一流といわれる芸妓さん、そして料亭の女将さんは高い見識と、かなりの権力を持つものでございます。逆に芸者衆に人気のない人物は政治家でも財界人でも、まず出世発展はしないという説もあるほどなのでございます。

国家の大事や政局の混乱があればあるほどに料亭政治は多忙を極め、政界と財界の動きと、その接触が激しさを増して赤坂の料亭は予約であふれるとか……。このあたりが、赤坂が夜の政界会議室と言われる所以でございましょう。

また、花柳界では口のかたいことが何よりの身上《しんじょう》とされ、秘密保持のために料亭の板塀はあくまでも高く、その内部構造も曲りくねった細い廊下が迷路のように入り組んでいるのでございます。

——やがて、おりんちゃんは十六でお披露目をして一本《いっぽん》、本格的な芸妓になり、急に大人びて美しくなってゆくとともに赤坂芸者の誇りと心意気を身につけてゆくようで、三年もたったころには、おりんちゃんと呼ぶよりも染香姐さんと呼ぶにふさわしい貫禄さえ感じられたことでございました。

そのうち、おりんちゃんの姿が間遠くなり、風の噂では赤坂屈指の芸妓に出世したとか……。いつか、まだ半玉だったおりんちゃんが低い声でふと呟いた「気に入らぬ風もあろうに柳かな」（加賀の千代女《ちよじよ》の作で、柳はどんな風が吹いても逆らうことなく調子を合わせているの意）の言葉に、華やかな世界に見えて、実は女が女であることを武器に「美」と「芸」と「機知」で競う客商売のこと、その内情の厳しさをも感じていた私は「おりんちゃん、よく頑張ったね」と一言、声をかけてあげたい気がしたのでございました。

それから、おりんちゃんのことも、うっすら忘れかけたある春の晩、黒い人力車が福吉町の坂をひたひたと登ってくると、ぴたりと私の前で止まり、中から夜目《よめ》にも鮮やかな晴着姿の染香姐さんが降りたったのでございます。暗い夜の淀みの中で、夢の花がひらいたように色彩がこぼれ、浮き上がるようにほの白い顔が、驚く私をなだめるように優しく微笑《ほほえ》むと、静かに語りかけたのでございます。

「ごぶさたしていてごめんなさい。今日は最後のご挨拶に来たのです。心底惚れた人に落籍《ひか》されて、東京を離れることになりました。まだ赤坂の生活に慣れないころ、ここに来ると不思議に気持が落ちついたものでした。本当に有難う。お元気で……」。

優雅にきびすを返した、高島田の微《かす》かに揺れるその背なに、「おりんちゃん」私は思わず声をかけたのでご

明治 30 年代、赤坂田町の夜の風景。田町通りにはお茶屋さん（現料亭）が多く、人力車で客が乗りつけた（新撰東京名所図会より）

ざいます。聞こえるはずもないその声に何か通じるものがあったのか、振り向いたおりんちゃんはもう一度微笑むと人力車の中の人となり、暗闇の中に吸いこまれて行ったのでございます。あでやかな、今まで見た中で一番あでやかな微笑を残して……。

百花繚乱、咲き誇るが如く美しき女人《にょにん》お鯉、万竜、そして染香姐さんは人知れぬ苦労をしながらも、いずれも敬愛する人を得てめでたく妓籍《ぎせき》を去って行ったのでございました。

柳は緑、花は紅のいろいろ、悟りも迷いも浮草《うきくさ》の、葉末《はずえ》に結ぶ露の命とやら……。

いや、お恥ずかしくも、勝様、その以前は柴田七九郎様という代々武家屋敷の庭に立つ、粋《いき》とはとんと縁のない武骨者の、時は昭和の初めの数少ない艶《えん》な思い出話でございました。

閑話休題《さて》――

金融恐慌でその幕があいた昭和も、大正天皇崩御から一周年の服喪明《ふくもあ》けを迎えるころには、表面的にはやや落ち着きを取りもどし、昭和三年の九月二十八日には裕仁天皇陛下の弟宮である秩父宮雍仁《ともひと》親王と松平恒雄《つねお》駐米大使令嬢・勢津子《せつこ》様（梨本伊都子様の姪）のご婚礼の儀がとり行われ、十一月十日には、京都御所において裕仁天皇陛下の即位の御大典が九條道実掌典長のご奉仕により古式ゆたかにとり行われたのでございました。

その規模は歴代天皇の中で最も盛大であったといわれ、この御大典にちなんで昭和三年に生まれた赤ちゃんには「典」のつく名前が非常に多かったと記録されているほどでございます。

翌年、九月三十日には天皇陛下に第三皇女孝宮和子《たかのみやかずこ》内親王がお生まれになるという慶事が続き、人々も恵まれた一部、財閥家の人々を除いて、不景気ながらも自分たちなりの喜びや楽しみをはぐくんで、つつましく暮らしていたのでございます。

ところが時の浜口雄幸内閣のもとで井上準之助蔵相は、財政緊縮と称して文武官吏の俸給一割減額をとりきめ、いずれ民間の会社もこの例にならうようにと発表し、官界ばかりでなく、民間からも「弱い者いじめの政策」と猛烈な非難の声が上がったのでございます。結局この声明は取り消されたものの、人々の心には政府に対する失望と不信の念が残されたのでございました。

浜口内閣は、田中義一前内閣が張作霖《ちょうさくりん》爆殺事件（昭和三年、中国の北方軍閥の大元帥である張作霖を日本陸軍関東軍の一部が陰謀により爆殺した）によって倒れた後を七月に継いだばかりで、政治的に何かと変動の目立つ昭和四年でございました。

この年も早十二月を迎え、暮も近づいた二十三日未明、ぐっすり寝こんでいた私は、パチパチと木のはぜるような物音にぼんやり聴覚が覚醒め、うながされるように薄くあけた目に、オレンジ色の光がとびこみ、ギョッとしてとび起きたのでございます。「か、火事でござるっ」。私は枝を鳴らし、人々に知らせようともがいたのでございました。

午前四時、深夜と見まごう暗やみの火は赤く大きく、より近く見えるものでございます。幸い、人々もただならぬ気配に気づいて、早速に消火作業が始まったのでございますが、仲の町《なかちょう》三番地（編注、現氷川公園がけ下の鹿島建設ＫＩビルの所）の、アメ菓子工場から出火した炎は、風にあおられるよう石垣を伝わって現氷川公園にあった氷川小学校校舎へと燃え移り、乾燥しきった空気の中で、思う存分威力をふるい、屋内体操場を除いて小学校のすべてを焼き尽くしたのでございました。

現氷川公園にあった氷川小学校は近火で炎上した（大正３年撮影　氷川小記念誌より）

昭和59年の氷川公園（同位置より撮影）

その十二

歴史の糸を
たぐりつゆけば
とけて解けゆく
妙味かな……

昭和四年、十二月二十三日、未明の近火で炎上した氷川小学校は、実は昭和二年七月二十九日の赤坂区会において「校舎腐朽《ふきゅう》に瀕《ひん》し、場所的にも小学校として不適当である」との理由から移転新築の案が既に可決されており、私が立っております赤坂氷川町四番地の勝精伯爵家の敷地を一部買収する段取りになっていたのでございます。

勝家はご当主、精伯爵の多趣味を反映して、舶来のモーターバイクがあったり、庭中を大きな顔で歩き回る七面鳥がいたりで、近所の子供にとって何かと心魅かれる場でもございました。

毎年二月の初午《はつうま》の日に庭内で開かれる少年相撲大会には、心待ちにしていた大勢の子供達が集まり、まあ、その賑やかなこと。応援の家族や友達の歓声、笑い、ざわめき……。全員にお餅やお菓子がふるまわれ、勝負に勝てば賞品も貰えるとあって、どの豆力士の顔も真剣でございました。

また、試合をよそに七面鳥をからかうのに熱心な子もいて、あげくの果てに鳥の目の前で赤い布切れを振り回したからたまりません。今まで昂然として冷ややかな一瞥《いちべつ》を少年に与えただけの七面鳥は、やおら目をむいて怒り出し、いたずらっ子はびっくり仰天《ぎょうてん》、半泣きの態《てい》でしっかと私の枝にとびついたものでございました。

こうした日頃の経緯《いきさつ》があったためでございましょうか、買収の申し出を受けた勝家では、敷地約二、四六二坪のうち、約一、六六八坪を東京府に寄付されることに決め、その旨を区会に伝えられると、勝伯爵ご一家は当時家作として四、五軒持っていらっしゃった西洋館（在日西洋人に貸していた）の一つに移って暮らされるようになったのでございます。

勝家の長屋門は現在練馬区の三宝寺にその姿をとどめている

この西洋館は当時の氷川小学校の裏手（編注、現区立特別養護老人ホーム・サン赤坂付近）にある、白い壁、黒い尖《とが》った屋根の異国情緒の漂うモダンな建物でございました。

その後、勝家の今までのお屋敷は取りこわされ、火事がおこる二カ月前の昭和四年十月二十五日は、既に地鎮祭も行われていたのでございます。

私は勝精伯爵の潔《いさぎよ》いご決断に感服しながらも、古びたりとはいえ愛着の深い勝様のお屋敷が、無残に壊《こわ》されてゆくのを、身が切られるような辛い思いで見守ったのでございました。ただ、勝家のご門だけはそのまま練馬区石神井台の三宝寺に移築され、現在もその懐かしい姿をとどめていると伺っております。

やがて「洋風近世復興式」といわれる氷川小学校の鉄筋三階建ての、当時としては非常に立派な新校舎が完成し、火事の後、屋内体操場や近くの小学校（中の町小学校、赤坂小学校）で間借りの授業を受けていた生徒は嬉々として、新しい学校に通い始めたのでございます。私としても、この地が小学校となり、かわいい友達がこれほど沢山できようとは、思いもせなんだことでございました。ちなみに、私が現在の地に移されたのはこの時で、新校舎完成とともに勝様を永く記念するため、道路ばたの塀ぞいに十メートルほど移動され、氷川小学校の正門のそばに立つことになったのでございます。なにぶん大きな体のことゆえ、ころを使って数十人がかりで、押したり、引っぱったりされた挙句、ようやくのことで……。

さて、時は既に昭和五年に変わっておりましたが、この年の二月四日には、天皇の二番目の弟宮である高松宮宣仁親王と徳川慶久公爵令嬢、喜久子様（徳川慶喜公爵の孫）のご婚礼の儀がとり行われたのでございます。

母君節子様は逞しく成長された親王の笑顔に微笑を返しながら、心の中で大正天皇にそっと語りかけずにいられない気持ちを覚えられるのでございました。

「お上、四人の親王のうち、もう三方《さんかた》が良き伴侶を得ることができました……。けれども、日本は難しい時代を迎えております。どうか、これからも日本を、そして私達を守ってくださいますように……」

節子様は五月六日に、青山御所から赤坂離宮の西南に新築された大宮御所《おおみやごしょ》に移られ、それ以来、大宮様とお呼ばれになるようになったのでございますが、救癩《きゅうらい》事業や灯台守《とうだいもり》の慰安、養蚕にますます力を注がれて、国民のために役に立ちたいとお心を砕かれる日々でございました。

昭和初期。母君節子様を囲んで、左から昭和天皇陛下、秩父宮様、高松宮様

（毎日新聞社提供）

この頃の社会状況は経済の再建をはかって金融解禁が実施されたものの時悪《あ》しく、折りしもニューヨークはウォール街に端を発した世界恐慌の波に巻きこまれ、不況はさらに深刻化していたのでございます。町には失業者があふれて、繁盛するのは質屋ばかり。大学を出ても職がなく「大学は出たけれど」という言葉が流行するありさま……。

十一月十四日は四月に締結されたロンドン軍縮条約を不満とする右翼の青年に浜口首相が狙撃される事件が起こり、翌、昭和六年九月十九日には日本陸軍、関東軍による満州国成立をめざした満州事変の勃発《ぼっぱつ》。さらにこの年は凶作にみまわれ、特に北海道、東北地方では約一五〇年前に数万人の餓死者を出した天明の大飢饉《ききん》に匹敵するといわれる被害をうけたのでございます。

天皇は早速に救援金を下賜《かし》されるとともに、侍従黒田長敬《ながあつ》子爵に現地視察を命じられたのでございました。

この黒田様こそ赤坂福吉町（現赤坂二丁目）の現在、赤坂衆議院議員宿舎、赤坂病院、赤坂ツインタワービルが建っております辺り一帯に、広大なお屋敷を構えられた旧筑前福岡藩五十二万石、黒田一族のお一人でございます。

当時（昭和初期）、邸内には、黒田家嫡流《ちゃくりゅう》、黒田長成《ながしげ》侯爵、その弟にあたられる黒田長和《ながとし》男爵と黒田長敬子爵の三ご家族が住まわれていらっしゃいました。江戸時代の末には、筑前福岡藩第十一代藩主であり同藩最後の大名となった(明治維新のため)、松平美濃守《みののかみ》様こと黒田長溥《ながひろ》様の下屋敷《しもやしき》があったところでございます。

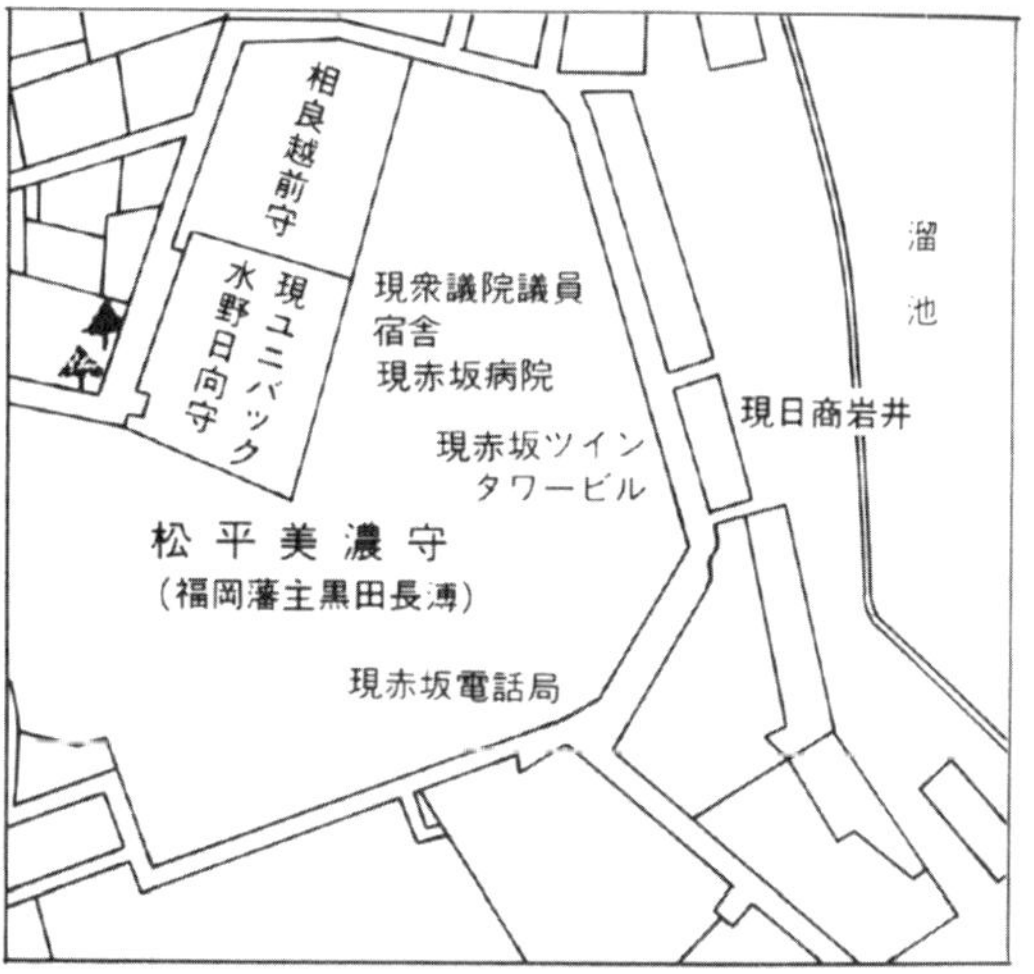

松平美濃守様の敷地は、江戸時代後期、現在の霊南坂にまで及んでいた（近代沿革図集より編成）

その頃、松平美濃守様の隣りには肥後《ひご》人吉《ひとよし》藩・相良《さがら》越前守《えちぜんのかみ》様の下屋敷と下総《しもうさ》結城《ゆうき》藩・水野日向守《ひゅうがのかみ》様の上屋敷《かみやしき》がございましたが、石高《こくだか》の大きかった黒田家、相良家が福岡藩と人吉藩（現熊本県）の藩主であることから福吉町という町名も生まれたのでございました。

黒田長溥様は、実は薩摩藩第二十五代藩主、島津重豪《しげあき》様の第九男で、跡継ぎがなく困り果てていた福岡藩、黒田家に文政五年（一八二二年）嗣子《しし》として迎えられたのでございます。

当時の島津家は飛ぶ鳥をも落とす勢いで、島津重豪様の妹君、つまり長溥様の叔母上は第十一代将軍家斉様の御台所《みだいどころ》であらせられます。

また長溥様は黒船ペリーの来航に対して開国論を唱え、先年には長崎でシーボルトと会見。蘭学を奨励されるなど行動力のある進歩的なお方でございました。

赤坂の藩邸には永井青涯《せいがい》様という優秀な蘭学者を保護され、若き日の勝海舟、即ち勝麟太郎《りんたろう》様が本所吾妻橋より赤坂に初めて越していらっしゃったのも、黒田邸の永井様から蘭学を学ぶがためだったのでございます。

その十三

様々な歴史を秘めつ
赤坂は
仇でモダンな花も咲く……

古くは「赤坂に過ぎたるものが二つあり。大名黒田に火消し臥烟《がえん》」とうたわれたものでございますが、今は昔、赤坂の地の大半を占めていたのは大小の武家屋敷、その中でもとりわけ有名な大名が福岡藩五十二万石、黒田様。逆に度が過ぎて悪名高いものが火消しがえんという意味で、火消しがえんとは定《じょう》火消し（幕府直属の火消し方）の火消し人夫のことでございます。

赤坂には数多いお屋敷を紅蓮《ぐれん》の炎から守るために、定火消し屋敷が二カ所、霊南坂と豊川稲荷近くにあり、火消し人夫の数も他《よそ》の町より多いようでございました。ところが、彼らの多くは血気さかんを通り越して粗暴で、真冬でも法被《はっぴ》一枚を体にひっかけ、仕事がない時は賭博《とばく》をしたり、町に押し売りに出かけてすごむので、町の衆にははなはだ心証が悪く、いつの間にか「がえん」といえば、「乱暴者」の代名詞のようになってしまったのでございます。

敬愛をこめて、赤坂に過ぎたるもの……とうたわれた黒田様は、「黒田の殿様」と呼ばれて人々に親しまれていらっしゃいましたが、黒田家には全国的に有名な逸話が多いことも、その因をなしているのやもしれませぬ。

日本一の槍《やり》として、代々黒田家で「漢委奴国王《かんのわのなのこくおう》」（一七八四年福岡県志賀島《しかのしま》で発見された）の金印と共に家宝とされた「日本号」は、もともとは太閤秀吉が家臣福島正則に恩賞として与えたものでございましたが、黒田家の家臣母里太兵衛《もりたへえ》が伏見の酒宴に招かれて、福島正則と酒の呑みくらべをした時にみごと日本号を勝ちとったという言い伝えがあり、それが、黒田官兵衛《かんべえ》様がつくられた「酒は呑め、呑め、呑むならば、日《ひ》の本《もと》一のこの槍を、呑み取るほどに呑むならば、これぞまことの黒

赤坂福吉町、黒田邸前。明治中期（新撰東京名所図会より）

昭和 59 年当時の同地（赤坂 2 丁目溜池交差点付近）
後方、赤坂ツインタワービル

田武士」という歌で、黒田武士の心意気として「筑前今様《ちくぜんいまよう》」の名で藩内で唄われていたのが、後世《こうせい》「黒田節」と酒落て世間に広まったのでございます。

また、天下に勇名をはせた後藤又兵衛基次《またべえもとつぐ》は黒田家の元家臣であり、立役者、栗山大膳《たいぜん》なる「黒田家騒動」は歌舞伎の一番ともなり、巷に知られるところでございます。

赤坂の高台にあった黒田様の邸地は極めて広く、北東は日枝神社、霞が関の高台に相対《あいたい》し、眼下には夜の灯《あか》り美し花街《はなまち》田町を望み、この地よりの赤坂の眺めは絶景と称されたほどでございました。

庭内の南には山臥《やまぶし》坂（以前坂の途中に小さなお堂があり、山伏が時々来て祈禱《きとう》したためといわれる）と呼ばれる長大な坂が、やや東よりには禿《かぶろ》坂という小さな坂があり、庭の中央には菅原道真《みちざね》様がまつられた筑紫《つくし》太宰府天満宮《だざいふてんまんぐう》を分霊奉祠《ぶんりようほうし》した太宰府天満宮がおかれておりました。ここは明治の初めごろまで一般の人々にも参拝が許されて連日かなりの賑わいを呈していたのでございます。

黒田家のご門の左側には、当時の赤坂名物の一つ「釜鳴《かまな》りだんご」の店があり、黒田天神のお参りの帰りに熱いお茶と湯気のたつ釜鳴りだんごをほおばるのが人々の楽しみでもございました。釜鳴りとはだんごを蒸す時に、釜が蒸気で鳴るところからついた名前といわれております。

山あり坂ありの起伏にとんだ黒田家の庭の南西（現溜池の赤坂ツインタワービル西館）には大きな池があり、数百羽の鴨、幾種類と知れぬ水鳥が餌《え》をついばみ、池の回りには春は水仙、桜、夏の気配がにじむころにはあやめ、かきつばた……と四季折々の花が咲きみだれ、その花暦を愛《め》でるうち、知らずもがな一年が過ぎ去るようでもございました。

貴族院議員
男爵　黒田長和氏

貴族院副議長
侯爵　黒田長成氏

（赤坂に住まわれた黒田家の人々）

明治の御代《みよ》には明治天皇、皇后様も鴨《かも》猟《りよう》に行幸《ぎようこう》され、この池のほとりで一時《ひととき》を楽しまれたことも……。そして、ご幼少のころをここで過ごされた黒田家の先代ご当主、現ご当主の二代の方々が長じて日本の鳥類学の権威となられましたのは、まことに興味深いことと思われるのでございます。

また、昭和五十九年現在の氷川小学校前から東急観光（編注、現キャピトル東急）ホテル前を通る坂道は、明治三十三年十月、黒田長成《ながしげ》様が私財を以って新たに造られたものでございます。

さて、かように赤坂にご縁の深い黒田様でございますが昭和六年、長成様の弟君、侍従黒田長敬子爵は東北凶作の現地視察から赤坂のお屋敷に戻られると、時を移さず参内《さんだい》し、天皇陛下にその惨状をつぶさにご報告申し上げたのでございました。

東北の農村では、不況のために失業して都会から戻ってきた人々による人口増と、農作物の価格の大暴落であえいでいるところに凶作にみまわれ、もはや食べられるものなら木の根も口にする状態。口べらしに泣く泣く娘の身売りをする農家が続出していたのでございました。

東北の冬の飢饉が大きな社会問題になりだしたころ、政権は若槻内閣から犬養内閣へと移っていったのでございますが、翌昭和七年五月十五日、相続くテロの中で犬養首相までが暗殺されたのでございました（五・一五事件）。これは現役の海軍将校が中心となってクーデターをもくろんだものでございましたが、新聞は軍人を同情的に取り上げ、世論も同調したために罪は軽く、これ以後日増しに軍靴《ぐんか》の響きが高まるようになってしまったのでございました。

都市の人々は、不安を打ちはらうように享楽的な刺激を求め、浅草では「カジノ・フォーリー」、新宿では「ムーラン・ルージュ」という、当世風にいえばミュージカル劇場が開かれたそうでございますが、ここ赤坂では数あるダンスホールの中でも最高級といわれた「フロリダ」が生まれたのでございました。

フロリダは、現在の溜池交差点近くにあった「藤井ビル」という布団屋さんの持ちビル（現東芝EMIビル）の三、四階を吹き抜けにしたモダンなダンスホールで、連日盛況を極め、バンドは六名ほどの黒人と日本人のグループ二組がジャズを演奏し、イタリア人のアコーディオン弾きが賑やかにラテン・ナンバーをかなでるという趣向。男性は背広にネクタイあるいは紋付き袴、女性はドレスと定められ、料金も銀座をしのぎ、一枚につき一曲踊れるチケットが十枚綴りで二円（現一万円程）だったそうでございます。

お客の中には、このころ四十代後半であった、おかっぱ頭の藤田嗣治《つぐはる》画伯がフランス人の夫人とにこやかに談笑する姿や流行歌手、また「コマッちゃん」の愛称で親しまれた松竹蒲田の名シナリオライター北村小松氏等々有名人の姿が多く、現代の赤坂社交界の芽生えでもございましょうか。赤坂フロリダは、当時のモダン・インテリゲンチャー層が一度は行ってみたいと願う憧れの場でもございました。ちなみに北村小松氏は日本最初のトーキー映画「マダムと女房」の脚本家でもございます。

東北の農村は食に飢え、町の人々は職に飢えている……けれど、せめてこのひとときすべてを忘れて、明るく華やかに新文化を享受したい……。

昭和八年、暗い社会の狭間に咲いた仇花《あだばな》のような赤坂フロリダの夜は、カクテルの酔いとともに深まってゆくのでございました。

その十四

凍てつきし
冬の空に響く銃声
何事か起こりし
赤坂の町に……

モダンな雰囲気で賑わったダンスホール、赤坂「フロリダ」の並び、溜池交差点を十二、三メートルほど越えたあたり（現田崎真珠店の真向かい）には、赤坂葵町よりその名をとつた「葵館《あおいかん》」という高級無声映画館があり、チャップリンの作品もいち早く上映されるなど洋物の封切所《ふうきりじょ》として知られておりましたが、この葵館の専属活弁士で、「葵」にちなんだ芸名でデビューいたしましたのが、彼《か》の徳川夢声《むせい》氏でございます。

ほかに専属活弁士として牧野周一氏、大蔵貢氏という面々が活躍されていらっしゃいましたが、字幕の発達、トーキー映画の進出で次第にその名活弁を聞くことが出来なくなりましたのは残念なことでございました。

また赤坂見附の弁慶橋近く、今はサントリービルのある裏手付近には「ローヤル館」という日本で最初のオペラハウス（大正五年、イタリア人ローシーによって設立）があり、若き田谷力三《たやりきぞう》氏がトップ・テナーとして小柄で端正な容姿を黒いタキシードにつつみ熱唱していたのでございますが、オペラ自体がまだなじみのうすいところに料金も高く、場所も（当時は）赤坂のはずれで不便なために、百人近くは入ろうかという会場に観客はいつも四、五人。いつしか「帝国館」と名も変わり、洋物中心の場末の映画館と化してしまったのでございます。

一方、田谷氏はその後浅草に進出し、現在も浅草オペラの第一人者として活躍されていらっしゃいますのは皆様ご存知の通りでございます。

不況の中にも新文化が徐々に浸透し始めたころではございましたが、昭和八年一月十九日、ここ九條家ではご当主九條道実公爵が病の床につかれたまま、遂に帰らぬ人となられてしまったのでございます。

道実様は節子様の兄君であらせられ、父君の後を継いで宮内庁の掌典長としてご奉仕三十有八年に及び、その間《かん》明治天皇、大正天皇の御大葬《ごたいそう》、また大正天皇、今上（編注、昭和）天皇陛下の御即位式御大典の大任を果たされたのでございました。

葬儀は、宮内庁式の神道にのっとり、東京府神職会会長である神田明神の平田盛胤《もりたね》宮司（江戸後期の国学者、平田篤胤《あつたね》の養嗣子《ようしし》）がつとめられ、九條家の玉砂利が続くご門の両側には真榊《まさかき》が飾られて、幾台もの弔問の車がその中に吸いこまれていったのでございます。

やがて宮内庁専用の溜色の車が私の前を通り過ぎた時、私ははっとして車中の人影に目をこらしたのでございます。

黒いベールに隠された白き面《おもて》も伏せ気味に、もの想うかのような御方こそ、嗚呼、懐かしや節子様、その人。そして続く車の一つには、九條家のご養女であり知る人ぞ知る京都瑞竜寺《ずいりゅうじ》の美しきご門主、村雲尼公《むらくもにこう》様――格式の高い尼門跡寺《にもんぜきじ》のご門主は昔から皇族か堂上華族の姫君が継がれる掟になっている――のたおやかなお姿も見られたことでございます。

赤坂の町の人々は哀悼の意を表しながらも、華やかなる弔問客の光景に目をみはり、遠まきに見守ったのでございます。

昭和9年、東北の窮状のようす（朝日新聞社提供）

九條家は嫡男道秀様が後を継がれ、この年の十二月にはお祖父様の生まれ変わりのように待望の男児が誕生されたのでございました。

また、これも血のつながるご縁でございましょうか。節子様にも時をほぼ同じくして初めての男児の孫、皇太子様がお生まれになったのでございます。

待ちに待ったお世継ぎのご誕生であったために「おめでたや！」と浮かれる国民も多く、沈滞気味の社会は皇太子様のご誕生の知らせに、何かしら活気が吹きこまれたような観すらあったのでございます。

しかしながら、そうした気分も束の間、相も変わらぬ東北の窮状、町での生活苦が続く中、昭和十年八月、陸軍内部で思想の対立による暗殺事件（相沢事件）が起こり、人々は真夏の血生臭い事件にまゆをひそめたのでございます。

やがてこの年の秋も過ぎ、例年になく厳しい冬が訪れたのでございました。年が明けてから東京市は幾度も大雪に見舞われ、特に二月二十五日の夜半から降り出した雪は、実に三十年ぶりの大雪となり、翌《あ》くる日の明け方近い赤坂の町は白と黒の無彩色の世界と化し、さながら一幅《いっぷく》の墨絵の景色と見まごうばかり。降りしきる雪は柔らかくしめやかに家々のひそやかな寝息まで吸いとってしまったように、深閑と音も消えた世界でございました。

と、その時、私は凍《い》てついた空気を鋭くつき破るような数発の銃声をかすかに耳にし、ぎくりとしたのでございますが、赤坂や周辺の地域は歩兵連隊が多いため早朝から射撃訓練の音が聞こえることも珍しいことではなく、真冬の朝まだき……私はかぶりを振りながら、また眼をとじたのでございました。

ところが、これが大事件（二・二六事件）の発生で、国《こく》粋《すい》主義者の一部青年将校が千四百名の兵隊を率いて政府要人の大量暗殺を決行し、国会議事堂を中心とする日本の心臓部を占拠したのでございま

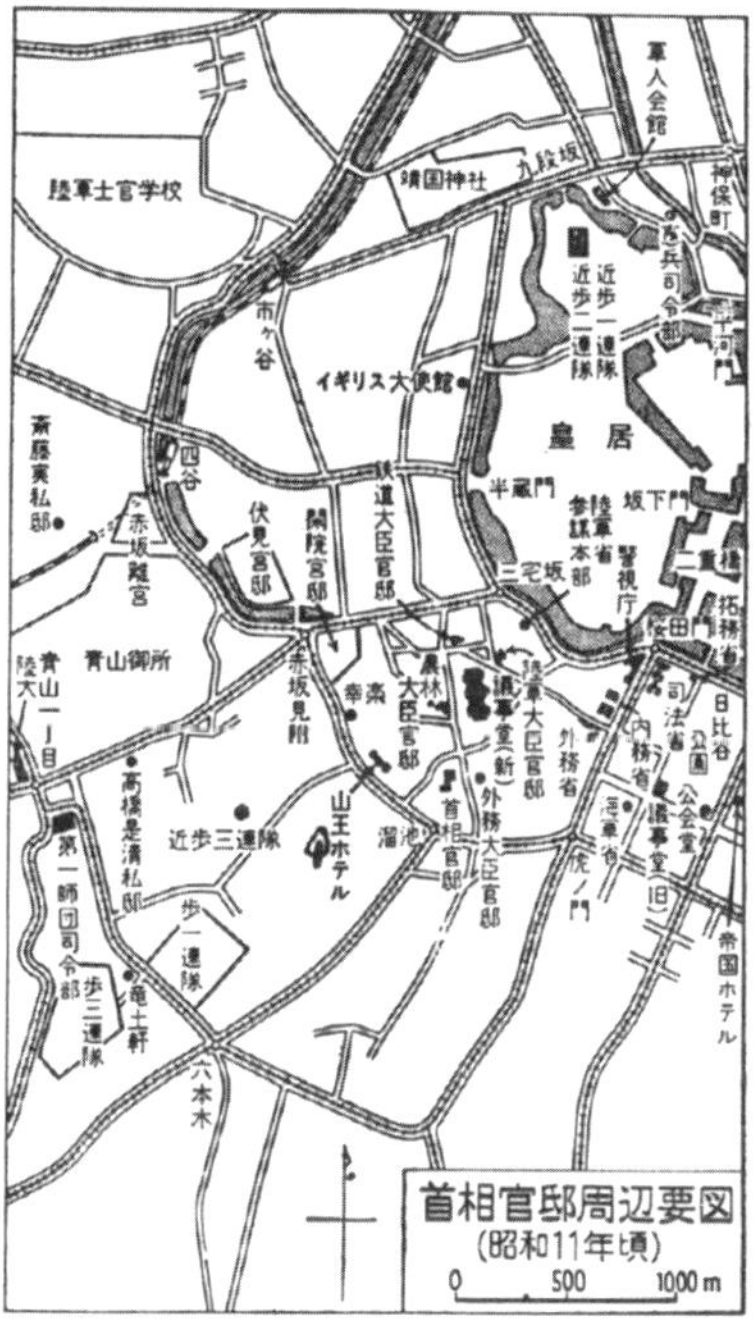

中央公論社
「日本の歴史」第24巻より

料亭「幸楽」（現プルデンシャルタワー）には安藤大
尉の一隊がこもった（読売新聞社提供）

す。

この事件に参加したのは赤坂一ツ木町の近衛歩兵第三連隊（その跡地には、現在TBSテレビ局がある）の一部と赤坂檜町《ひのきちょう》の歩兵第一連隊（現防衛庁）、麻布新龍土町《しんりゅうどちょう》の歩兵第三連隊（現東大生産技術研究所）で、赤坂になじみの深い連隊が含まれていたために、町の人の驚きは一方ならぬものでございましたが、社会の現状を打破しようとする彼らの勇気に共鳴を覚えた人も多かったのでございます。

赤坂見附から溜池の外堀通りには渋谷からの市電が走っておりましたが、事件の日からは完全ストップ。学校も休校となり、赤坂の町にはただ事ならぬ空気が漂い始めたのでございます。

「義挙《ぎきょ》」であるのか「叛乱《はんらん》」か、決起部隊の扱いは政府も陸軍も迷いあぐね、「警備隊」と呼ぶことにしてひとまず各部隊に宿舎を与えることになり、赤坂の山王ホテル（編注、現山王パークタワー）、料亭「幸楽」（編注、現プルデンシャルタワー）も宿舎の一つとして提供されたのでございました。

市街戦の準備をする皇軍、不安げに見守る市民

やがて、幸楽に宿舎を割りあてられた安藤輝三大尉の一隊と、山王ホテルへ向かう丹生《にぶ》誠忠中尉の一隊が「尊皇討奸《そんのうとうかん》」と書かれたノボリをかかげて三宅坂から赤坂の外堀通りに入ってくると、沿道につめかけた赤坂の人々は声をあげて歓迎したのでございます。

決起部隊がそれぞれの宿舎に到着すると、山王ホテルや幸楽の前に集まった群衆は、将校の演説を切望し、丹生中尉は山王ホテルの前の高さ四十センチほどの小さな箱の上にのると、目深《まぶか》にかぶった軍帽の奥から静かに群衆を見渡したのでございます。

二十七歳の丹生中尉はいかにも青年将校らしいすらりとした長身で、凛然《りんぜん》とした物腰、カーキー色の軍服の胸には決起を意味する真っ白なさらしの布が左右十文字にかけられ、軍帽にも白帯《はくたい》が巻かれた姿。

赤坂溜池交差点を通過する戦車。脇腹には叛乱軍に見えるように「撃つな」の幕が張ってあったという
（集英社 図説「昭和の歴史」４巻より）

薄墨色の夕暮れの中で胸のさらしの白さが、中尉の面長で整った顔立ちの蒼いほどの白さを際だたせ、一瞬、あたりは水を打ったように静かになったのでございました。

丹生中尉は深く息を吸いこむと、

「皆さん、この度はご迷惑をおかけして申し訳ありません」と口をきり、「自分達は天皇陛下を思い、日本を改造して国民の生活苦を救うために悪政の要因をつくる奸臣《かんしん》に天誅《てんちゅう》を加えたのであります。これは昭和の維新であると我々は信じております！……」と、熱っぽく演説すると、観衆は半ば陶酔したように聞きほれ、天皇陛下バンザイを叫び、熱狂的な拍手を送ったのでございます。

赤坂の宿舎には夜遅くまで軍歌が流れ、決起した兵隊の父兄が心配のあまり近県より赤坂に集まってきたのでございますが、兵隊は食糧の買い出しに出かけたり町の人々も兵士を激励するなど、友好的な雰囲気すら一部には生じていたのでございます。

しかしながら決起は、天皇陛下のいまだかつてない逆鱗《げきりん》にふれ「叛乱部隊を討伐《とうばつ》すべし」の奉勅《ほうちょく》命令が下って事態は一変。鎮圧部隊として佐倉と甲府の部隊が続々と上京してきたのでございました。

市街戦の恐れがあるため避難する赤坂の人々

赤坂の町かどに立って宿舎のあたりを眺めていた人々には、不安と興奮が次第に交錯してゆくようで、突然、群衆の中から四十歳ほどの男性が人々の前に進み出て、「今ここで決起部隊と皇軍の間に戦いが起こり、双方が傷つけあうのは全くの不幸である。もしも戦端が開かれた場合には、我々市民が両者の間に割って入り、我々は昭和の勝海舟になろうぞ!!」と叫ぶと、見物の人々より拍手がわき起こり「天皇陛下バンザイ!昭和維新バンザイ!」の声が赤坂の一角に響き渡ったのでございました。

が、いよいよ二十九日朝、武力によ

る鎮圧開始ときまり、市街戦のために赤坂のあちこちにはバリケードがつくられて、戦区にあたる赤坂田町、新町、溜池町の住民には避難命令が出され、前日の二十八日に人々は大きな風呂敷や大《だい》八車《はちぐるま》に荷物を積んで、氷川神社や氷川小学校、あるいは近くの親戚、知人宅に避難を始めたのでございます。

「幸楽」「山王ホテル」を、その麓《ふもと》に抱える地形にある日枝神社では貴重品を四谷の須賀神社にすべて移し、避難命令をかろうじて免《まぬが》れた赤坂区の他の町の人々は、流れ弾の可能性があるので、決戦の日は壁のある部屋にこもるようにとラジオで指示され、戦車が轟音《ごうおん》をとどろかせて町を走り、赤坂は厳冬のせいばかりではない極度に張りつめた空気におおわれたのでございます。

また、この頃、赤坂の人々は知る由もございませんでしたが、襲撃された政府要人のうち三人が元海軍大将であったために海軍内の怒りは激しく、決起部隊鎮圧のため東京湾御台場《ごだいば》沖には海軍第一艦隊の軍艦四十隻が集結し、旗艦《きかん》「長門」以下の軍艦の主砲は号令一下《ごうれいいっか》、艦砲射撃をあびせるべく、その照準を赤坂、そして永田町の方向にぴたりと合わせていたのでございました。

その十五

これやこの
撃つも撃たぬも、
歴史の分け目
胸をよぎる悪しき予感……

昭和 11 年 2 月 28 日、山王ホテル前。警備する初年兵の手は緊張にふるえていたという。（読売新聞社提供）

昭和十一年二月二十九日、皇軍による決起部隊討伐開始時刻の午前九時は刻々と近づき、料亭「幸楽」を宿舎としていた安藤輝三大尉の一隊は、夜明け前に防戦に有利な山王ホテルへ移って丹生《にぶ》誠忠中尉の一隊と合流し、戦いに備えていたのでございますが、午前七時を回るころには、約二万人を超える皇軍が山王ホテルを包囲したのでございました。

一方、戒厳司令官、香椎《かしい》浩平中将はじめ陸軍幹部の中では皇軍相撃《そうげき》（決起部隊もつい何日か前まで皇軍であった）を甚《はなだ》だ遺憾とし、事件の無血解決を成し遂げるべく必死の努力が続けられていたのでございます。

その中で某少佐は、下士官である兵に対する説得こそ、兵を思う上官（青年将校）の説得になると考え、帰順勧告のビラを飛行機でまくことを提案し、三万枚のビラが赤坂、永田町の上空からばらまかれ、同じ頃「勅命《ちょくめい》下る、軍旗に手向《たむか》うな」のアドバルーンが田村町の飛行会館と赤坂一ツ木町の近衛歩兵第三連隊（現ＴＢＳ）のがけの上の松の木からあげられたのでございます。

が、風に流されてどちらも効果が上がらず、決戦開始が十分後に迫った八時五十分、愛宕山の東京放送局からラジオで最後の呼びかけである「兵に告ぐ」の放送が始まったのでございます。――山王ホテルに放送がよく聞こえるようにと、先程の一ツ木町の松にも拡声器が取りつけられた――やがて、放送の「……天皇陛下にそむき奉り、逆賊《ぎゃくぞく》として汚名を永久に受けることがあってはならない。今からでも遅くはないから……復帰せよ」のくだりに決起部隊に動揺がおこり始めたのでございます。

青年将校が決起の意志を固めたのは政治への不信、財閥の横暴、そして何より、大半が農村出身である部下の下士官や兵士が故郷の絶望的な貧窮に家族を案じて、夜中に泣いているのを知ったからでございました。可哀想な部下のために農村を救いたい、社会悪をなくし天皇陛下のため日本をよりよい国にしたい。それが、今、逆賊とは……。青年将校は深いあきらめのうちに帰順を決意表明したのでございます。

山王ホテルでは安藤大尉が自決をはかったものの命はとりとめ、青年将校たちは法廷闘争に一縷《いちる》の望みを託して投降し、事件は武力をまじえることなく、ひとまず落着したのでございます。

この事件で襲撃された政府要人の一人、高橋是清《これきよ》蔵相は、青山通りをはさんで青山御所と隣り合う、赤坂は表町（現赤坂七丁目）のお屋敷に明治三十三年から昭和十一年二月二十六日まで三十六

赤坂表町に住まわれた高橋是清氏

年の長きにわたり住まわれていたのでございますが、事件後邸宅は多摩霊園に移され（編注、現在は江戸東京たてもの園に再移築）、約二千坪の邸地は高橋家より東京市に寄附されて、その一部が現在「高橋是清翁《これきよおう》記念公園」となっているのでございます。

高橋氏は安政元年（一八五四年）に幕府の御同《ごどう》朋頭《ほうがしら》支配絵師の子に生まれ、故《ゆえ》あって仙台藩の高橋是忠殿の養子となり、十四歳で渡米。その間《かん》不注意なサインから奴隷に売られたり、帰国後職業を転々とした後、日本銀行に入って財政手腕を発揮し、蔵相、首相までを歴任されたのでございます。

大柄で肉付きのよい体にふっくらした丸いお顔、目は昔日《せきじつ》の腕白少年の面影を残して、時折りいたずらっぽく輝き、「ダルマさん」の愛称《ニックネーム》で人々に親しまれていたのでございました。ご本人もこの愛称がお気に入りのようで、毎朝起床するとまず体重計に乗り、目方が少しでもふえているとニコニコご満悦、減っていると、がっかりされたという逸話が残っております。

波乱にとんだ人生を文字通り七転八起で生き抜いてきた高橋氏も、荒々しい歴史の歯車の中で再び起き上がることはかなわず、八十三歳の生涯を閉じられたのでございました。

気さくで明るい高橋氏の不慮の死に衝撃を受けた人は多く、赤坂表町の高橋邸は弔問の客が数日間ひきもきらなかったそうでございます。

また、高橋邸のすぐ近くには「宮本武蔵」「新平家物語」で名高い大衆文壇の花形作家・吉川英治宅があり、吉川氏は他人事ならぬ思いで事件の推移を見守っていたのでございますが、暗殺された高橋氏に深く同情するとともに、何もわからないまま決起部隊に動員されて、叛乱軍の烙印《らくいん》を押されつつある年少の兵士を不憫《ふびん》に思われ、首相官邸にとじこもった決起部隊にキャラメルを慰問品として幾箱も送り届けられたのでございます。

世にいう二・二六事件は、その舞台の一つとなった赤坂の人々にさまざまな思いを残して、今は過去の異常な事件として記憶の底に沈みつつあるのでございますが、「幸楽」の女将は八十四歳の現在《いま》（編注、昭和五十九年当時）も横浜市に健在で、訪ねて請《こ》う人があれば当時の様子を意外に明るい、それでいてしみじみした調子で語ってくださるとか。

「幸楽」は若い軍人や学生の宴会が多かったので、決起した青年将校は以前から顔なじみだったこと、駐屯した決起部隊は礼儀正しく、青年将校の思いつめた真剣さをまのあたりに見て世直しの目的を成就させてやりたいと思ったことなどなどを……。

ちなみに事件後、決起部隊の駐屯料は陸軍からも支払ってもらえず弱ったものの、数日を経て再業した「幸楽」はすっかり有名になっていて、遠くからもお客が押しよせ、客止めの札《ふだ》を出すほど

赤坂で青春時代を過ごした嵯峨浩様
（毎日新聞社提供）

だったそうでございます。

やがて、十七名の青年将校は暗黒裁判のうちに死刑に処され、町の戒厳令もとけたのでございますが、人々は事件の結末に失望を感じ、世相は重苦しさを増していったのでございました。

また、このころ赤坂氷川町十番地（現赤坂六丁目）には明治天皇と血縁の関係にある嵯峨実勝《さねとう》侯爵邸があり、長女の浩様は色白の、瞳の大きな美しい姫君で、女子学習院を卒業するまでここにお住まいでございましたが、昭和十二年四月三日、満州国皇帝薄儀《ふぎ》氏の弟君である薄傑《ふけつ》氏とご結婚されたのでございます。

これは、お世継ぎを持たない薄儀皇帝の後嗣《あとつぎ》に日本人の血統を入れようとする陸軍関東軍の政略的な意図によるもので、薄儀氏と薄傑氏は清朝《しんちょう》の直系、愛新覚羅《あいしんかくら》家の正統を嗣《つ》ぐたった二人の男子だったのでございます。

嵯峨家では、多くのやんごとなき姫君の中から選ばれたこととはいえ、軍部の一方的な申し出に当初とまどわれたご様子ですが、お見合後薄傑氏の立派な人柄に感服し、薄傑氏と浩様のお気持も一致したのでございました。

幼い浩様が、白羽二重《しろはぶたえ》の着物に赤いお被布《ひふ》を着せられて、「おひいさま、お気をつけて」と乳母に護られながら私の側を通りかかるのをお見かけしたこともございますが、あの可愛いらしい姫君が成人されて遠い満州国へお渡りになるとは、感慨ひとしおの気がしたのでございます。

また浩様の自伝「流転《るてん》の王妃」（昭和三十四年文藝春秋刊）には、その後の数奇な半生とともに、満州に渡る前に大宮御所から皇太后・節子様のお召しがあり、緊張してお伺いすると、「日本のためによくぞ決心をしてくれました」と親身の暖かいはげましのお言葉とおもてなし、それにお祝いの品まで賜わり、感激したことなど詳しく綴られているのでございます。

そして昭和十三年、日増しに戦時色は濃くなり耐乏生活のスローガンのもとに歓楽街のネオンは消え始め、ダンスホール「赤坂フロリダ」も閉鎖されることになったのでございます。「フロリダ」最後の夜はなじみの客が集まって蛍の光を合唱し、涙を浮かべながら肩をたたきあって別れを惜しんだのでございました。

やがて電力の節約のために電髪（パーマ）は禁止。敵国語である英語も禁じられ、タバコのゴールデンバットは「金鵄」、チェリーは「桜」と改名されたのでございます。

こうしてさまざまな統制にしばられた国民の気持を引き立てるかのように、昭和十五年は神武天皇即位の年から二六〇〇年ということで、十一月十日から四日間にわたって紀元二六〇〇年祭が挙行され、赤飯用のもち米が特別配給になるなど久方ぶりのお祭り気分に町は賑わったのでございますが、この祭典を境に「祝ひ終つた。さあ働かう」の合言葉が打ち出されて戦時統制はさらに厳しくなったのでございました。

翌年十二月八日には太平洋戦争突入。すばやい先制攻撃に、当初は日本に有利に展開したものの徐々に苦しい戦いとなっていったのでございます。

昭和十八年のころには「幸楽」は福島出身の小沢代議士によって買収され「日本国民食糧株式会社」の本部となり、新宿の工場には、もはや店を休業にせざるを得なかった赤坂の飲食店の経営者や従業員が働きに出て、ここで作られる特別栄養食——きなこを砂糖で丸く包んであったり、卵の黄身を利用した創意と栄養に富んだもの——は、赤坂でも時々配給になり人々の舌を楽しませてくれたのでございます。

一方、赤坂の料亭の多くは大企業の寮になり、その企業の関係者の宿泊や客の接待に使われている状態でございました。

また学生の軍需工場の勤労動員はもちろんのこと、赤坂の芸者さんも動員され、赤坂検番（現赤坂会館）でモンペ姿で沖電気の通信機の組み立てにはげんでいるところを、時の総理大臣・東條英機氏が激励にこられたこともございました。

やがて、戦火は本土に及ぶようになり、赤坂では公共の建物が延焼するのを恐れて、日大三中、

赤坂「フロリダ」のダンサーも軍事訓練を受けた。
（毎日新聞社編　昭和 30 年史より）

氷川神社、氷川小学校、消防署の周辺の建物を強制的にとりこわして空襲に備えたのでございます。

昭和十九年に入ると時局はさらに緊迫し、赤坂区の小学校の児童は東京都の多摩郡などに疎開を始めたのでございました。

米軍爆撃機による本土空襲は軍需工場を中心に、次第に一般民家への無差別じゅうたん爆撃となり、昭和二十年三月には江東地域が集中爆撃を受けて東京の四割が焼失し、死者は七万二千人を数えたのでございます。

人々の空襲への恐怖はつのる一方でございましたが、遂に五月二十五日の夜半から早暁《そうぎょう》にかけて赤坂は大空襲を受け、あたり一面は火の海と化したのでございます。

赤坂が狙われたのは当然すぎることで、赤坂を中心とする麻布、青山には陸軍施設が多く――幾つかの連隊のほかにも陸軍大学校、青山練兵場、陸軍射的場（通称鉄砲山）、赤坂憲兵分隊、軍馬補充部など——一種の軍都の観を呈していたのでございますから。

火に包まれた赤坂の様子は「風は自然の強風か烈しい火勢が起こしたものかわからない。南西の強風が吹き抜ける。その風に乗って火の粉の奔流が走り、洪水の中の岩塊のように五〇センチもある大きな火のかたまりが吹っ飛んでゆく」（俵元昭著「港区の歴史」）というすさまじさ。

氷川小学校も校舎に四カ所の飛び火を受け、校庭の樹木も火になぶられ始めたのでございます。熱風はのどにからみ、息を吸おうにも酸素は火に奪われ尽くしていて、ただあえぐだけ。やがて、火は私のごく近くに迫りきて、何のこれしきと歯をくいしばったものの、熱風の中で仁王立ちになったまま、感覚は失せ、意識も次第に薄らいでいったのでございました。

……それから、どれくらいの時間が経ったものでございましょうか。私は冷水をかけられて、はっとして意識を取り戻したのでございます。

見れば、どこから現われたのか、数人の町の人々が日頃の防火活動の成果をここにとぞばかり、校舎や私の枝に一心に水をあびせかけていて、それが五回、六回と繰り返されるうち、ようやく身のうちに生気がよみがえってきたのでございます。

既に陽は高く昇り、氷川小学校と私を救ってくれた人々は虚脱したように立ちつくし、私もやけどで痛む身体をかばいながら周りを見回した時、思わず声を呑んだのでございました。

目の前の九條様のお屋敷がない！　一條様も、三井様も……。思い出深い小さな家々が建物が、

昭和 20 年、大空襲のあとの赤坂「東京大空襲秘録写真集」（石川光陽氏撮影）

仲間の樹々が……見えない‼

五月晴れの青い空の下には、一晩で地獄のように変わり果てた赤坂の町の残骸が累々と横たわっていたのでございました。

その十六

いざ生きなむ
あたり如何に
変わり果つるとも……

五月の空は碧く、雲は白き。なれど未《いま》だ小さき炎さえくすぶりたる赤坂よ。ついに昨日までここにあった、なじみ深い町は今や跡かたもなく消え去り、見渡す限りの焼野原……。初めて知るは、東京の大地の広さでございました。そして、鳥の声すら聞こえないこの不気味な静けさ、あたりに漂う焼けこげた臭い。漠々とした私の記憶の中で、数時間前の出来事が泛《う》かんでは消え、泛かんでは消えて身震いを禁じえなかったのでございます。

……暗闇の夜に接した地平線の紫がかった異常な赤さ。爆音をとどろかせて襲いくる敵機の執拗な攻撃。地上からの探照燈に敵機が照らしだされると、崖上の近衛歩兵第三連隊と三井邸に設置された対空高射砲が地響きをたてて空に真赤な火を吹くさま。やがて赤坂の上空で、無数のエレクトロン焼夷弾《しょういだん》がばらまかれ、白色《はくしょく》のまばゆい光を放って、夜の空を時ならぬ光の洪水にあふれさせながら落下すると、そこから赤い炎がめらめら燃え上がっていくのでございました。

それは、もしも戦争でなかったならば、赤坂の空を借りきった華麗なる花火ショーそのもので、防空頭巾をかぶって避難してゆく人々も一瞬、怖さを忘れてこの世ならぬ美しさに目を瞠《みは》ったのでございます。

けれども、現実にはその赤い炎の中で何百人もの人々が命を落とし、赤坂の町を瓦礫《がれき》の町に一変させたのでございました。

そして、皇居の一部と節子様の大宮御所さえも空襲を受けて炎上したのでございました。

赤坂の被害状況は死者五五一名（当時の赤坂区の人口は五二、〇四二名）、重軽傷一、一〇〇名、全焼戸数九、九六一戸(当時の戸数は一一、八七八戸)、罹災者《りさいしゃ》は三〇、六六〇名にのぼったのでございます(数字は「東京都戦災誌」より)。

赤坂には御所や各宮家の御殿が数多くあったために、対空高射砲が充分に配備されておりましたが、それも歯が立たず秩父宮邸、三笠宮御殿はじめ宮家の多くも損傷を受けたのでございました。敵機の超低空爆撃は実に正確で、赤坂溜池のアメリカ大使館、ならびに赤坂表町のスイス公使館は周辺の建物が焼きつくされたにもかかわらず、そこだけ別天地のようにわずかな傷のままで残ったのでございます。

赤坂区で特に焼死者の多かったところは、地下鉄、赤坂見附駅付近と青山(当時は赤坂区に含まれていた)の表参道付近で、ここに避難してきた人々は火災による急激な風圧の変化のために、奔《ほん》馬《ば》のような火流にとらえられ、不運な最期《さいご》をとげたのでございました。

やがて恐怖の一夜を生きのびた人々は、避難場所からそれぞれの家の焼け跡に戻り始めたのでございましたが、いかんせん風景があまりにも変わり果てたために、かつての自分の家をさがしだすのに一苦労。火傷や怪我を負ったり、煙でにわかめくらになってしまった人も多く、逃げる途中で離ればなれになってしまった家族や近所の人との再会に涙ぐみながら、この先どうして生活してゆくものやら途方にくれたのでございました。

また、赤坂表町(現赤坂四丁目)には羊羹で知られる「虎屋」のビルがあり、幸いビルは無事だったのでございますが製造工場は焼けおち、あたり一帯は焦土の臭いに混じって甘い香りが漂い、通りがかった罹災者はふらふらとひきつけられるように一人、二人と集まり、やがて数十名の人々が憑《つ》かれたように工場のまわりを囲んだのでございました。

見かねた虎屋の製菓工員の一人が「前線へ送るお菓子ですが、もう輸送もできません。自由に召しあがってください！」と叫ぶと、着のみ着のままの飢えた人々は工場の焼け跡にかけよって、瓦《が》礫《れき》の中から厚い銀紙に包まれた羊羹を掘り返し、湯気がたつ熱い羊羹を無我夢中で貪《むさぼ》り食べたので

焼土に立つ氷川小と銀杏の木（昭和 20 年 5 月）。霊南坂方面より撮影

同方向より昭和 59 年時の銀杏の木

ございます。砂糖の配給が中止になって約二年、本当に久し振りの甘さに、泣き笑いをしながら……。

それから二カ月後、日本は広島、長崎に原爆を投下され、八月十五日、天皇陛下の玉音放送によって人々は終戦を知ったのでございました。

終戦になってからの人々は、死の恐怖から解放されて空襲直後の虚《うつ》ろな表情は消えたものの、全く一から出直しの生活が始まったのでございます。

ある人は、当時の赤坂二丁目の様子を

「かつて森深く
甍《いらか》高りし、このあたり
今は見るかげもなく
あわれ　廃虚となり
あたりまなこを遮《さえぎ》るものなく
瓦礫《がれき》　庭石にまじりて
この木　高々と校庭に立てり」
（氷川教育第一号紙「焼土よりもえいづる心」）

と詠み、この付近では奇跡的に焼け残った氷川神社、氷川小学校（当時は氷川国民学校と呼称）と銀杏の私に復興への希望を託すようにして、徐々に整理が始まったのでございました。

氷川小学校と私が焼け残ったのは、町の有志の方々の必死の消防活動の賜物《たまもの》で、今も小学校の裏手にある（氷川小学校は平成五年に廃校）プールの水が消火に大きな役割を果たしてくれたのでございました。氷川小学校には空襲で建物を失った江東区の墨東病院が移り、怪我人や病人の看護にあてられたのでございます。

やがて米国から日本占領の連合軍司令官として、マッカーサー元帥が来日したのでございますが、元帥はまだ中尉だった時に、父君アーサー・マッカーサー将軍とともに旅順、奉天で日露戦争を観戦して以来、乃木将軍に尊敬の念を抱《いだ》き続け、来日すると多忙の合間をぬって赤坂新坂町（現赤坂八丁目）の乃木神社に詣《もう》でられたのでございました。今も旧乃木邸の庭には、その時元帥が記念に植えられたアメリカハナミズキの木が、風に緑の葉をそよがせているのでございます。

敗戦は占領政策のもとに、皇族、華族、財閥、政府閣僚の特権階級の人々に大きな変化を与え、GHQ（General Headquarters・連合国総司令部）の絶対命令により、直宮《じきみや》をのぞく皇族の臣籍降下、華族制度の廃止、財閥解体、農地改革、軍隊の解体が次々に行われたのでございました。

大財閥として全盛を極めた三井家では、悲痛な同族会議のもとに解散を決議し、土地や建物の一部もGHQに接収されたのでございました。

そして、何より一身上の大変化を遂げられたのは天皇陛下で、現人神《あらひとがみ》から「人間天皇」として、新しい一歩を踏みだされることになったのでこざいます。連合国の一部では天皇の戦争責任論を唱える国もあり、天皇の戦後は厳しい道が続くものと思われたのでございました。

時に天皇陛下は四十四歳であられましたが、子を思う母の気持は幾つになっても変わりなく、母君節子様は天皇の行く末をしきりに案じていられたそうにございます。

その十七

その笑顔、その姿
年月こえて
懐かしき
淡き慕情よせし人……

節子《さだこ》様が天皇を案じられるように、天皇が母君を思うお気持も深く、昭和二十年、夏、節子様が軽井沢へ避難されることが決まった時、天皇は元赤坂の母君の大宮御所（御所は五月の米軍爆撃で焼失し、お庭に建てられていた御文庫に仮住まいされていた）への行幸を強く希望されたのでございました。

ところが、時はまさに「降伏か」「本土決戦か」日本の前途を決定する緊迫した状況にあり、側近が行幸の取り止めを奏上すると、天皇は沈痛な面持ちで「母君が近々疎開されるが、我が身は最早《もはや》どうなるやも知れぬ。その前に今生《こんじょう》の別れとして、是非とも母宮にお会いしておきたかった」と、つぶやかれたのでございました。

それから、数日を経て日本は降伏し、厳しい占領体制のもとで、お二人は万感を胸に秘めてご対面されたのでございます。その後、天皇は退位論など様々の試練を乗り越えられ、昭和二十一年、虚脱と失意にあえぐ国民を慰め、励ましたいという切実な願いから、戦災の傷跡のいまだ癒えぬ日本全国の巡幸を始められたのでございます。

町には「リンゴの唄」が流れ、その明るいリズムが失業、インフレ、食糧難に苦しむ人々の気持を引きたててくれるようで、全国で愛唱されたものでございました。

食料の配給は生命の限界を保つよりも少なく、ヤミ市がたち、人々は超満員の汽車に乗って郊外の農家に出かけて、とっておきの着物や貴重品をお米や野菜に取り替えてもらっては、かろうじて胃の腑を満たしたのでございます。

とにもかくにも混沌とした時代で、宮家、財産家と見られる家には泥棒、強盗の類《たぐい》が頻繁に出没し、赤坂の九條家ではかろうじて焼け残ったお蔵に泥棒が白昼堂々トラックで乗りつけ、留守番役の執事のご夫婦をしばりあげると、九條家に伝わる古文書などの貴重品を残らず奪って逃げてしまったのでございました。

明治の東京遷都以来、赤坂界隈に住まわれた元公卿、大名の華族の方々は多うございましたが、GHQは華族制度の廃止とともに多額の納税の支払いを華族に命じ、大部分の華族の方々は土地を手離されて、その義務を遂行されたのでございました。

九條家も赤坂を去って京都へ戻られることに決まり、それを伝え聞かれた皇太后・節子様は、少女時代を過ごされた思い出深い赤坂を愛《いと》おしみ、非常に残念がられたそうでございます。

やがて、九條家の邸地は「帝産オート」というバス会社に引きとられ、隣の一條邸も人手に渡り、戦後赤坂山の手は、主《あるじ》の顔が随分と変わられたのでございます。

また、昭和二十二年、東京都では戦災で各区の人口分布状態が大きく変化したためと、拡大した自治権の効率化をはかるために、従来の三十五区制から二十二区制（現在は二十三区）へと整理統合されることになり、赤坂区は芝区、麻布区と統合され、港区と名が改められたのでございます。

区名は三区の関係者、新聞公募によって多数考案され、最終的に近くに東京港を控えているところから、外に向かって大きく開く響きを持つ「港区」に決定したのでございます。区名が変わっても、赤坂の名は大切にこの地に残されておりますが、住居表示が実施されてから、一丁目、二丁目という記号化のもとに、表町、中ノ町、檜町、丹後町という町名が次第に消えてゆきつつあるのは、それぞれ故事来歴を持つ名前だけにしごく残念な気がするのでございます。

赤坂を去る人、来る人、残る人、町並みが変わり、人が変わりゆく中で、赤坂は徐々に廃虚の町から新しい生命を持ち始めてゆくようでございました。

昭和二十四年には、赤坂葵町（現虎ノ門二丁目）の大倉集古館――関東大震災によって烏有《うゆう》に帰し昭和三年復興、戦時中は閉鎖。幸い戦災を免れる――が再び開館されたのでございます。大倉集古館は、明治・大正を通じての大実業家・大倉喜八郎氏が明治二十四年に三層の楼閣《ろうかく》を持つ美術館を邸内に建てたのが始めで、中国、韓国、日本の珍しい仏像、美術品千八百点、書籍一万六千冊を有し、後に財団法人となりましたが、個人の蒐集品としては日本屈指のものでございます。

――大倉喜八郎氏は赤坂を語る上で忘れてはならない人物の一人で、かの大隈重信公と同時代に生き、九十二歳で大往生されるまで、一代で数々の事業を興《おこ》した実業家として超人的な力をふるったのでございました。

欧米視察を重ねること幾度、やがて大倉組商会（後に大倉商事株式会社）、東京電燈会社、帝国ホテル、内外用達会社などを次々に設立。さらに赤坂葵町の邸内（江戸時代には前橋藩・松平大和守の武家屋敷→明治時代には工部省用地→内務省地理局→大倉邸）に大倉商業学校（現・東京経済大学）を創設し、大隈公の東京専門学校（現・早稲田大学）とともに当時の話題になったものでござ

明治時代の大倉喜八郎邸。左側大倉集古館
右側部分は現ホテル・オークラ

現在の大倉集古館

昭和 25 年氷川小学校へ行幸される天皇、皇后両陛下。
左後方、銀杏の木。（氷川小 70 周年記念誌より）

いました。

大実業家・大倉氏を今に偲《しの》ぶよすがの一つは、後継者のご子息によって造られた、旧邸地に立つホテルオークラの偉容でございましょう。――


また、戦後まもない赤坂の大きなニュースは、昭和二十五年に天皇、皇后両陛下が日本赤十字事業の一環として氷川小学校へお出ましになったことでございました。

終戦の翌年は、春が巡り来ても、火傷のために芽をふくことができなかった私の枝にも、充分すぎるほどの緑の葉が戻り、占領下とはいえ世情《せじょう》も安定してきたかのように思われたのでございます。

ところが、昭和二十六年、五月十八日、私は思いもよらない報に息を呑んだのでございました。

「皇太后陛下御逝去、昨夕四時十分狭心症で！」新聞の第一面に大きく刷りこまれた文字が鋭い刃物のように胸につきささり、「嗚呼、あの御方が……」声にならない声とともに深いため息がもれたのでございます。

その日節子様はいつもと変わりなく過ごされ、午後三時半に御所に勤労奉仕に来ていた人々に賜《し》謁《えつ》されるべく、お出ましの身仕度にかかられようと廊下に出られたところで、突然激しい狭心症の発作をおこされて、お手当の甲斐もなくわずか四十分で崩御されたのでございました。

節子様はご病気がちであられた大正天皇をたすけて政務もとられ、大正天皇崩御ののちは、毎朝、天皇の御影《みえい》を掲げた「御拝《ぎょはい》の間《ま》」で、前日の出来ごとや新聞の記事を、あたかも生きている人に語りかけるように声を出して話されるのがご習慣であったとか。

また、養蚕と救癩《きゅうらい》の事業に力をつくされ、震災後は日頃のお食事や衣料費を節約されて、国内に天災や惨事があった時には、お見舞の金品にそれを足して贈られていたのでございました。

華族女学校では、成績は四番をくだらなかったという頑張り屋の姫君は、幼さ残る十六の年にお輿《こし》入《い》れ。十二単《ひとえ》におすべらかしの花嫁姿を赤坂の町でお見送りしてから早五十一年の歳月。節子様のピアノの音色に聞きほれたことも、夢か現《うつつ》か、遠きこと……。

ある人は言われます。節子様のご一生はお気の毒であったと。確かにいろいろなご苦労と、四十二歳にしてご夫君に先立たれた悲しみと、心細さは如何《いか》ばかりかとお察し申し上げるのでございます。

和歌を詠むのを好まれた節子様の御歌は、千三百首ほど集められて上下二巻の歌集(「貞明皇后御歌集」)となっておりますが、その歌集に編纂《へんさん》されなかった秘稿の中には、

いかにせむ　ああいかにせむ
　苦しさのやるせだになき我が思ひ川

はてもなく　千々《ちぢ》に思ひの乱れては
　わが身のほども　忘れつるかな

へだてなく語らまほしく思へども
　人の垣根に　心おかるる

と、真情を吐露《とろ》された御歌もございます。

けれども節子様には琴の糸のような凛とした強さがおありで、それはご生来のものか、あるいは人生の試練の中で育まれてこられたものかは存じませぬが、力いっぱい悔いなく人生を生きられたと、私には思われるのでございます。たとえ一人の女性として、涙をぬぐわれたことがあったとし

昭和25年頃の節子様

ても……。

節子様は皇太后陛下になられてからも、蔭から天皇を支え、昭和に入ってファシズムへ急速に傾いてゆく日本に、非常に心を痛めておいでだったとのこと。

その節子様が亡くなられて四カ月後、サンフランシスコ平和条約が結ばれ、翌二十七年五月には占領体制もとけ、日本は平和国家として独立の第一歩を踏み出したのでございました。

その十八

行きゆきて
いくたびの春
振り返つ見れば……

節子様が崩御された後、今上天皇（編注、昭和天皇）は母君の生前の徳をしのび、周易繋辞下伝《しゅうえきけいじかでん》にある「日月之道は貞《ただ》しく明《あき》らかなる者なり」から貞明皇后《ていめいこうごう》のおくり名をおくられ、これを以て後世、節子様は貞明皇后と呼ばれるようになったのでございました。

節子様は幼少の頃（明治二十年頃）を、武蔵野の野趣がまだ色濃く残る高円寺の農家で過ごされて以来、武蔵野の緑の大地を終生懐かしいものの一つにかぞえていらっしゃいましたが、今はその武蔵野の一角《いっかく》・八王子は多摩《たま》東《ひがしの》陵《みささぎ》にて大正天皇のお側近くに、静かにおやすみになっていらっしゃるのでございます……。

さて、九条家は京都に戻られ、草の生え放題であった赤坂の旧邸地は、帝産オートに買収されてから、ロードローラで整備され、片屋根式のガレージの中に、常時一五〇台のバスが駐車するモータープールへと変貌したのでございます。終戦直後のこととて自動車が非常に少ない時で、このバスも外観は一応体裁《ていさい》を整えておりましたが、実は旧式のガソリン・トラックにバスのボディをのせた急造のものでございました。

帝産オートは、GHQ及びその家族の輸送を専門とし、都内のグランド・ハイツ、グリーン・ハイツ、銀座PX、立川飛行場、千葉の白井ハウス回りなど七つほどのコースを日々運行。この仕事は、当初GHQがイースタン・モーターの藤本氏に依頼したところを紆余曲折《うよきょくせつ》を経て、当時伊豆で帝国産金という鉱山会社を経営していた石川博資《ひろすけ》氏が請け負うことになったのでございました。

帝産オートは大阪、札幌にも営業所を持ち、GHQの足として活躍し、日本の自動車業界が空白状態であったこの一時期に最盛期を迎えたのでございました。

また、赤坂溜池は戦後、東京でも有数の自動車業界の町としてよみがえり(昭和初年特に盛況で、車のセールスマンは年に車を五台も売れば楽に生活が出来たという)、外車の販売代理店のほかに東京日産、東京いすゞ、東京中重自動車、伊藤忠自動車、東京日産民生自動車会社、及び修理会社が軒をつらねて並ぶようになったのでございます。

そして昭和三十年、戦災で焼けた近衛歩兵第三連隊の跡地にラジオ東京テレビ局（TBS）が開局し、時代の先端をゆく放送局の出現に、それまで地元の人が赤坂村と称するほど静かな町が俄《にわか》に活気づき、一ツ木通りの飲食店の数も急に増え始めたのでございました。

――なお、一ツ木という地名は、その昔このあたりが奥州街道の道筋にかかり、人馬の往来が絶えないところから人継《ひとつ》ぎ、人次《ひとつ》ぎと言われていたこと。その後、人継ぎ村に氷川神社が勧請《かんじょう》され、ご神木が神社のわきの大きな銀杏の木だったことから、一ツ木に変わったとされております。この一ツ木という地名はかなり広範囲にわたり、戦場になったりしたこともございますが、その頃赤坂が一ツ木の中の小さな地名であったことは後年の逆転を考えると興味深く思われるのでございます。――

また、近代の赤坂が大きな変化を遂げる誘因の一つとなったのは、昭和三十九年に東京でオリン

戦災直後（昭和 20 年）の赤坂・一ツ木通り

昭和 30 年頃の赤坂・一ツ木通り（中村理兵氏撮影）

ピックが開かれることになったことでございましょう。

赤坂見附から渋谷へと走る青山通り（国道二四六号線）も昭和三十八年にオリンピック道路として拡張されることになり、もともとは豊川稲荷の隣に城閣造りの店舗を構えていた虎屋は、青山通り拡張に協力して店舗をとりこわし、今までとは反対側に引越しをして現在に至っているのでございます。

昭和の初年、青山通りの赤坂見附入口付近のめぼしい建物といえば、豊川稲荷、赤坂区役所（編注、現赤坂区民センター）と虎屋ぐらいのもので、正確には昭和七年に虎屋が旧店舗を建て直して、約二十米のエントツを取りつけた時にはそれが非常に目立ったため、「近くに御所があるのにあれほど高い、しかも煙をはくものを造るとは甚だ不敬である」と右翼系の人物がエントツに登って抗議したエピソードが残されております。

蛇足《だそく》ながら、この人物、四月の花冷《はなび》えの冷たい風に降参したのか、はたまたエントツにしがみついた、美しからぬ自分の姿こそ不敬と感じ入ったのか、滞空時間数十分でおとなしく帰還したそうでございます。

その話も、もう笑い話になってしまったほど、このあたり一帯、いえ赤坂の町全体に大手会社のビルが林立するようになったのは、昭和四十年以降のことでございます。

さて、こうして近世から近代の赤坂の移り変わりを眺めて考えまするに、赤坂には現代に至るまでに六つの大きなエポック（区切り）があり、その度に変化を遂げざるを得なかった歴史の数々が、赤坂を不思議な味わいのある町に醸成したのではないかと思うのでございます。

そして、自然及び人為的地理条件が、赤坂にもたらした重要な影響も決して見過ごしてはならないと……。

また、赤坂は「なぜ？」の多い町。あなた様も感じられたことはございませんか。「なぜ、赤坂には日本有数の大ホテルが集中しているのか」「なぜ、外国大使館が多いのか」「なぜ、宮家、公家のお屋敷が多かったのか」「なぜ、歴史的人物が多かったのか」……等々。

恐らくは、「なぜ？」の多くは点が線となるように共通する大きな理由、もしくは必然的な条件が底にあり、これからお話し申し上げる中に、その鍵があるやもしれぬと、思うのでございます。


近世（江戸時代）の赤坂は、近くに港を望み、愛宕山を抱きつつ、江戸城の外堀から続く溜池には満々と水がたたえられ、土地は高低多く、従って坂の多いところでございました。

自然の地形は運命的に住宅地、商業地、工業地の区別を決めてしまうものでございますが、赤坂は水利にも恵まれ、江戸城にも近いところから、住宅・商業地となり、また同じ住宅地でも高台と低地に住む人の間には、幕府から賜わったものではございますが、明確な階級の差が現われたと思われるのでございます。

かくて、江戸の赤坂の町は高台には大名屋敷、武家屋敷が多く、下町には商家や民家が密集していたと。

それが、江戸時代も終わりに近づき、赤坂が出会った第一のエポックは、江戸幕府の崩壊と明治維新で、先年の参勤交替制度の廃止により、各大名の国許《くにもと》帰還が相次いでいたところに、幕府の崩壊で徳川慶喜様が静岡（駿府）へ移住されたのを機に、武家の大部分が江戸を去ったのでございました。

赤坂の武家屋敷は、住む人を失ってからは荒れるにまかせて草木のやぶとなり、キツネの鳴く声が夜空に響く寂しさ……。空地の激増で地価は暴落し、武家に依存していた町人の失業者が増え（生活苦のため山王の日枝神社参拝客をあてこみ、溜池の渡し舟申請があいついだ）、町はしぼんだ風船のように生気を失ったのでございました。それでも倒幕官軍によって江戸が火の海にならなかったのは、実に勝安房守様（海舟）のお蔭でございましたが……。

やがて、東京遷都により明治天皇とともに、宮家、公家の方々が京都から移られ、旧大名、武家屋敷跡にお屋敷ができて、町には幾分活気を取り戻したのでございます。

また、明治初年、近くに帝国議会が設置されたのが、赤坂の町の政治的性格を一段と濃くさせたのでございました。

そして、第二のエポックは……

その十九

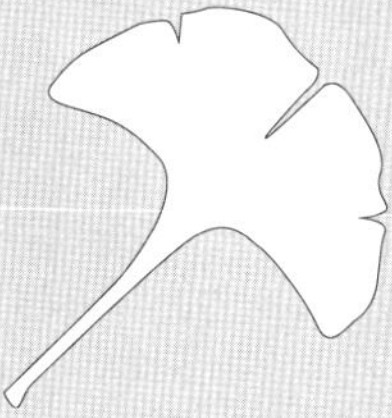

赤坂、無言でたたずめど
姿さやかに語りたり
大波、小波、
時代の波を……

そして、第二のエポックは、明治初年の溜池の埋め立てによって始まったと思われるのでございます。赤坂見附から山王台の麓をめぐり、虎ノ門に至るまでの間は江戸城外堀の一部で、溜池は末広がりの形から大溜《おおため》、ひょうたん堀とも呼ばれ、神田上水、玉川上水が造られるまでは、ここの水が江戸の人々の上水源となっていたのでございました。

溜池はその名の通り人工的に築造されたもので、家康様が入府されて江戸城総構え工事が行われた際、「江戸城西側が広くて心もとないので堀が一重《ひとえ》ほしい」と覚しめされ、浅野幸長《よしなが》様に命じてつくらせたものと、いわれております。

当時の溜池は、水質きわだって良く、薬の泉のごとくあらゆる風味を含み、染色によく、肌によく、酒にも茶にもよかったとか。

また、第二代将軍徳川秀忠様におかれましては、わざわざ琵琶湖よりは鮒を、淀川からは鯉を取り寄せて溜池に放たれ、後々には民間で蓮《はす》も植えられて、上野の不忍池についで赤坂溜池、蓮多しと歌われたものでございます。

ええ、思い出します。夏になればきらめく光の中で溜池は、水辺を柳の緑に染めてさざなみ、夜ともなれば月明かりに浮かぶ白い蓮の花のなまめかしさ。涼みがてらに蓮見《はすみ》の客が集まって、くみかわす盃に映った月が揺れて、にじんで……それはもう、風流なものでございました。

ちなみに溜池は洗堰《あらいぜき》、すなわちオーバーフローとなっており、葵坂の北側（その昔、葵が多く栽培されていたところから葵坂といわれたが、現在は坂の面影なく専売公社（編注、現ＪＴビル）が

江戸初期の赤坂溜池絵図

写真内右上は現・甘味店「松本」付近より出土の舟板（この辺も溜池だった)。左下は旧赤坂溜池町より出土の木樋《もくひ》(赤坂図書館蔵)

建っている）の地点は、汐留方向へ土橋・新橋をくぐって流れてゆく水が音をたてて落ちてゆくため「赤坂のどんどん」と呼ばれていたことがございます。

また、溜池の近くには料理屋の類が多く、中でも御溜居茶屋《おためいちゃや》の「八百勘《やおかん》」は、諸藩江戸詰《えどづめ》家老たちの交際場として、非常に格式の高い店でございました。

こうして、安藤広重様の絵にも描かれたほどの風光明媚《び》な溜池でございましたが、悲しい哉《かな》、上水源として使われなくなってからは、次第に埋め立てが始まり、生活汚水も流れこむようになって、江戸の終わりごろには、もはや下水溜と化してしまったのでございます。

山王日枝神社の鳩の有難くない落とし物に見舞われ、やぶ蚊が飛びかい、あまつさえ、夏の日には特に強いどぶ池の臭気をはなつようになった溜池のほとりには、白首《しらくび》の遊女の置屋が軒をつらねて昼間から客の袖を引く有り様。

当時、赤坂の遊女は「麦飯《むぎめし》」と呼ばれ、何でも吉原、深川の遊女を「米《こめ》」にみたてると、それより一段劣るからという意味あいだそうで、江戸二十五の花街《はなまち》の中でも、赤坂の花街は最下位をうろつく状態でございました。

ところが明治に変わって間もなく、工部大学校（日本で最初の工業技術者の養成機関）を建設するため溜池の水落ちの石垣を約六十センチほど動かしたところ、たちまち水が枯れて干潟となり、年ごとに埋め立てられて、やがて溜池とは名ばかりの一筋の細い川となり果て（その後、暗渠《あんきょ》に）、明治二十一年にこの埋立地は溜池町と命名されたのでございます。溜池町の赤坂側には、商店、料

旧・葉坂（安藤広重筆）「赤坂のどんどん」（溜池の落ち口）現・虎ノ門交差点付近

旧・葵坂付近には現在も江戸城外堀の石垣の一部が残る。（江戸城外郭の外壁の角）後方のビルは霞ヶ関ビル

理屋、待合、芸妓屋、また歌劇の「演伎座《えんぎざ》」も建てられて、このあたり一帯は赤坂の町の中でも、最も賑やかな晴れがましい町として生まれ変わっていったのでございました。

赤坂花柳界の発展の契機となったのはまさにこの時で、新興だけに面子《めんつ》にとらわれない自由な営業政策、廉価《れんか》な料金、官庁や山の手に近いところから、中級官員や御用商人に重宝がられ、加うるに前後して近くに兵営が設置され軍事関係者が顧客としてついたことから、日々《ひび》活況を呈するようになり、実に溜池の埋め立ては、昨日までのどこか泥くさい赤坂の下町に、明るい大きな変化をもたらしたのでございます。

第三のエポックは日清、日露戦争の軍需景気によってもたらされたもので、その前年には近くに帝国議会も設置されて政界の奥座敷として利用されるようになり、これを以て赤坂花柳界は昇《のぼ》り竜のごとき勢いで新橋、柳橋に迫り、二大芸妓屋、「春本」「林家」によって黄金時代が築かれたのでございます。そして、ご存知、名妓万竜《まんりゅう》はその美しさと気品で赤坂芸者の名を天下に高らしめたのでございました。

――ただ、こうした花街の賑わいも一歩その外に出ると、作家・国木田独歩氏が、「夜になると、赤坂で賑やかな所と言うべきは、田町、一ツ木、新町。先ずこのくらいで、あと極《ご》く淋しい所ばかりです」(「夜の赤坂」明治三十五年「文芸界」九月号)と、もらしたように限られた部分のみで、赤坂全体としてはむしろひっそりした町だったのでございます。――

こうして、一画に華やかな花柳界を抱えた赤坂は、反面、近衛歩兵第三連隊（旧芸州藩中屋敷跡の衛戍《えいじゅ》監獄を郊外に移して明治二十六年、霞ヶ関より、赤坂一ツ木町に移転。現在はTBS）、歩兵第一連隊（明治十七年、赤坂檜町に。現在は防衛施設庁）に代表される「汗と皮の匂いのする」兵隊の町でもあり、朝晩、赤坂の町に響き渡る、勇壮な、それでいてどこか哀愁を帯びたラッパの音色。

町の人々は時報がわりに聞きながら、ラッパの音に歌詞をつけ、起床のラッパならば「オキロトユーノニオキナケリャ、シカタガナイカラショブンスル。オキロ、オキロ、オキロー」と口ずさんで、慣れ親しんでいたものでございます。

また赤坂には兵隊相手の商店が多く、特に一ツ木通りには無事に満期をつとめ終えた除隊記念（二年間の兵役を終えると国許に帰れた）の盃や手ぬぐいを売る「満期屋《まんきや》」、飯ごうのふたからおたま、ゲートルまで揃えた「員数屋《いんずうや》」、眼鏡屋、時計屋、用務令や軍の測量地図を売る本屋などが軒を並べていたものでございます。

そして、赤坂を襲った第四のエポックは、文字通り関東全域を震撼とさせた関東大震災で、大きな被害を免れた山の手はともかく、崩壊、焼失により、いったん無に帰した下町の町並みは、復興後大きく変化したのでございます。すなわち、花街は表通りから町の後ろに移り、表通りには商店や自動車会社が進出して、ほぼ現在の町並みの原形を整えたのでございました。

震災後、社会にはファシズムが台頭し、かの二・二六事件が起こり、やがて太平洋戦争へと突入していったわけでございますが、第五のエポックは、この太平洋戦争によって区切られるものでございます。

戦災で見渡す限りの焼野原となった赤坂の戦後の特色の一つは、中国系の人による熱心な土地の買収で、その赤坂への進出ぶりはめざましく、赤坂の一画に中華料理店がずらりと並んだこともございました。

また、戦後、新興娯楽施設が雨後のタケノコのように建てられましたが、その昔、江戸の「時の鐘」の一つがあった成満寺《じょうまんじ》というお寺の跡地近くには、「キャバレー月世界」がオープンし、盛況を極めていた時期がございます。

さて、近世の赤坂の第六のエポックは東京オリンピックを契機とするもので、時あたかも高度経済成長期とやらで、ホテルの建設、大会社のビル建設がこの時を前後して行われるようになったのでございました。

赤坂の高台には宮家、華族、富豪のお屋敷が多かったのが、戦後はGHQによる財産税のためにほとんどの方々が手離され、その後さまざまな実業家の手を経て、あるいは政府に買収され、現在、大ホテルもしくは外国大使館へと姿を変えたところが多いのでございます。

ちなみに、昭和三十年オープンした赤坂プリンスホテルは、元「李王家」のお屋敷跡（現在もお屋敷の一部が残されている）。昭和三十五年営業開始のホテル・ニュージャパンは、元「料亭・幸楽」の跡地に建てられたもの。幸楽より以前は、三井財閥の大番頭、中上川彦次郎氏邸だったことも。

また昭和三十八年オープンのヒルトンホテル（編注、現キャピトル東急ホテル）は、作家にして陶芸家、料理道にも通じていた北大路魯山人《ろさんじん》の料亭「星が丘茶寮《さりょう》」の跡地。昭和三十九年オープンのホテル・ニューオータニは、「加藤清正公」、大老「井伊直弼公」その後「伏見宮様」のお屋敷があったところ。昭和四十四年オープンの赤坂東急（編注、現エクセル東急）ホテルは「閑院宮《かんいんのみや》様」のお屋敷の跡地の一部に建てられたものでございます。

その二十

天は悠々、地は堂々
時は滔々流れても
人の情ぞ忘るまじ
生きとし生けるもの
今はみな、旅の途中にて……

昭和四十五年には、帝産オートの跡地に日本ユニバック（編注、現在は共同住宅を建設中）のビルが立ちましたが、私の覚えております限りでも、代々この地に移り住まわれたるは、水野日向守《ひゅうがのかみ》様、徳川家達《いえさと》様から九條様へと、古き家柄を誇る由諸深いお歴々。そこに時代の先端をゆくと思われる、モダンなコンピュータ商社が生まれようとは思いもせなんだことでございました。

また、昭和五十五年の九月には地下鉄「赤坂」駅近くに、「国際新赤坂ビル」なる、それは背の高いビルが二つ同時に完成し、光線の加減で時折りメタリックな銀色の光が、赤坂の新時代の象徴のように眩《まぶ》しく私の目を射るのでございます。

——このビルを建てられましたのは、明治三十一年生まれの赤坂立志伝中の人物、国際自動車株式会社・社長、波多野元二《もとじ》氏で、自動車業界で名を馳せられ、その第一歩は、まだ自動車の珍しかった大正の初めに外車のフォードを手に入れて、自ら運転手となり特殊顧客をつかんだことと伺っております

卓越したアイデアを実行するこのあたりが、後の大実業家の片鱗を思わせるのでございますが、この二つのビルが完成した一年後の昭和五十六年十月に、急病ではかなくなられましたのは、誠にお気の毒な、赤坂にとっても残念なことでございました。

ちなみに国際ツインタワービル東館側の公園には、北村西望《せいぼう》氏（長崎原爆記念公園の平和記念像の作者で彫刻の第一人者）による波多野氏の銀色の銅像がたてられております。——

昭和 56 年赤坂の東南部、A 東京タワー、B ホテル・オークフ、C アメリカ大使館宿舎、D 銀杏、E 氷川神社、F•G 国際新赤坂ビル。(国際自動車株式会社提供)

昭和 59 年国際新赤坂ビル（右・東館）の間の通り。後方つきあたり TBS テレビ局

昭和 40 年頃の同位置

昭和 30 年頃の同位置

昭和 20 年頃、戦災の後の同位置、後方つきあたりは近衛歩兵第三連隊

また、溜池交差点の近く（元は黒田家の池→埋め立て後にゴルフ場→モーター・プール）には、近代的な偉容を誇る、二棟の高層ビル、「赤坂ツインタワービル」が昭和五十八年に完成。赤坂はオフィス用高層ビル建築の幕明けを迎えたようで、今（編注、昭和五十九年当時）は人通りの少ない霊南坂のあたり（赤坂一丁目）も地域再開発法が適用されてここ数年のうちには高層ビルが次々に建てられる計画とか（編注、昭和六十一年にはアークヒルズが完成）。

一方、大正六年に現在の姿に改築された霊南坂教会は老朽化《ろうきゅうか》のために近々取りこわされて、教会は移転される由（編注、五十メートル程移動、改築されて現存）。

赤い壁に緑のとんがり屋根の、あの美しい姿を眺めることができるのも、あと僅かのようでございます。

また、昭和七年に帝国ホテルなどに対抗して建てられた山王ホテル――現・千代田区永田町二丁目と港区赤坂二丁目にまたがる敷地約三千六百坪に立つ鉄筋ホテルで、客室百五十（編注、現山王パークタワー）。当時としては本格的な洋式ホテルで、地下にはアイススケート場もあり、ベルリン・オリンピックに出場した若き日の稲田悦子嬢がよく練習にこられたとか――は、国会や霞ヶ関の官庁に近いことから、昭和十一年の二・二六事件では叛乱軍がたてこもり司令部として使われたことで知られておりますが、終戦直後の昭和二十一年九月、進駐してきた米軍に士官用宿舎として接収されて以来、三十七年の長きにわたっていたのでございます。それが、昭和五十八年十月五日、遂に所有者である安全自動車に返還されることになり、米海軍軍楽隊が日米両国歌を演奏する中、静かに星条旗が降ろされたのでございます。激動の昭和史の一舞台となった同ホテルも近年中にとりこわされ、高層オフィスビルが建設される予定とか。

同じく二・二六事件の叛乱軍がたてこもった料亭「幸楽」の跡地は、「ホテル・ニュージャパン」として新生しておりましたが、昭和五十七年二月八日未明に火事に見舞われ、再び新しくよみがえるのはいつの日か……。

刻々と変貌を遂げる赤坂で、今も昔と変わらぬ姿を見せてくれるものの一つは、赤坂の鎮守、氷川神社でございます。震災にも戦災にも生き残ったこの神社は、もと赤坂見附近くにあったのを享保十五年（一七三〇年）に現在の地（旧赤坂氷川町、現赤坂六丁目）に移されたもので、八代将軍吉宗様の産土神《うぶすながみ》でございます。

ここは、樹齢数百年を経た銀杏も数本まじる木の群れが枝に枝を重ねてこんもりと、神社の空をおおう夏とて暑さを知らぬ別天地。恐らく数百匹と思われる夏の蟬時雨《せみしぐれ》の豪快さ。一度《ひとたび》、境内に入れば江戸の昔に足を踏み入れた錯覚におちいるところで、時代劇の撮影にも時折り使われる由。近くに料亭、飲食店の多いところから境内《けいだい》に包丁供養の包丁塚がつくられているのも、その昔、食傷《しょくしょう》街《がい》と呼ばれた一画を持つ赤坂の、鎮守らしい話でございます。

また、忠臣蔵でおなじみの播州赤穂《ばんしゅうあこう》藩主、浅野内匠頭《たくみのかみ》様の未亡人、瑤泉院《ようぜんいん》様の生家が、もと氷川神社の地にあり、事件後瑤泉院様はここでひたすらご夫君の冥福を祈っていらっしゃったのでございます。そこを、討ち入りを明日に控えた雪の夜、大石内蔵助《くらのすけ》様が永遠《とわ》のいとまごいに現われたと

赤坂の鎮守、赤坂・氷川神社

か。その時、瑤泉院様が大石殿を見送ったとされる坂道が、料亭の「福田家」（編注、移転）と「アメリカ大使館宿舎」（旧三井邸）の間の勾配の急な坂道、「南部坂」で、講談・歌舞伎で「南部坂雪の別れ」として有名なところでございます。

氷川神社の付近は赤坂の高台でも奥まったところで、今でも所謂《いわゆる》上流階級のお屋敷町となっておりますが、近くには我らがテナーとして、男性ながら美貌と美声で人気のあったオペラの藤原義江氏の藤原歌劇研究所が、昭和五十五年ごろまでございました。

また一時期、藤原義江夫人となった藤原あき氏は、旧姓中上川あきといわれ、父君は三井財閥の大番頭の一人、中上川彦次郎氏。二・二六事件で叛乱軍の宿舎となった料亭「幸楽」はこの中上川家の元邸宅で、後に国会議員にもなられた藤原あき女史（政界で絹のハンカチと呼ばれた藤山愛一

昭和 58 年 10 月 5 日、山王ホテル撤収式。
静かに星条旗が降ろされて……
（読売新聞社提供）

昭和９年の弁慶橋付近（師岡宏次氏撮影）

現在の弁慶橋付近、左後方はホテル・ニューオータニ新館、橋の手前は高速道路。○印が弁慶橋

郎氏のいとこにもあたる）はここで育てられたとのこと。

　氷川神社の近くには作家・城山三郎氏の「小説日本銀行」に登場する、日本銀行氷川寮が木立《こだち》に包まれてひっそりと立っております。ここは、江戸時代には松平忠行様のお屋敷でございましたが、維新の際に空家になったのを明治十年、日本考古学研究の草分けであったハインリヒ・シーボルト氏（フォン・シーボルトの次男）が借りきって蒐集品を展示し、日本で最初の古物陳列会を催されたこともございます。

　さて、氷川神社から寄り道をいたしましたが、ほかに今でも昔の姿をとどめるものは、赤坂見附の弁慶堀（江戸城外堀《そとぼり》）にかかる弁慶橋でございます（明治二十一年、神田お玉が池の東、藍染《あいぞめ》川に架《か》かっていたものを移設）。

　周囲の風景がいかに変わろうと、外側をコンクリートの橋でつつまれようと、ハスのつぼみを型どった擬宝珠《ぎぼうしゅ》だけは昔のままで、この擬宝珠は寺社や城門にかかる橋にのみ使われるという格調高いものでございます。弁慶橋とは京都の大工、弁慶小左衛門の作であるところに由来するためといわれております。

　このあたり、明治、大正、昭和の三十年頃まで桜の名所で、花の咲き揃った時の夢のような美しさ。花曇《はなぐも》りの日でさえも白くふんわりお堀の周囲だけは、霞に縁どられたように仄《ほの》かに明るく、道行く人の溜息を誘ったものでございました。そして、夏は夏とて蛍の名所として人々に愛されたところでございます。

明治 20 年代の豊川稲荷

昭和 59 年の豊川稲荷

今では桜もへり、蛍も姿を消した代りに貸しボート屋が出来て、休日にはボートや釣りを楽しむ人で賑わいを呈しております。

また、元赤坂の豊川稲荷も古い歴史をもち、芸能界、飲食業界の人々に特に人気のあるお寺（神仏習合の趣がある仏閣）でございますが、この豊川稲荷は名奉行、大岡越前守様が文政十一年（一八二八年）に故郷の愛知県豊川市の豊川稲荷を分霊《ぶんりょう》して、赤坂一ツ木のご自分の下屋敷（現赤坂小学校）に祭ったのが初めで、明治二十年、今の地に移されたのでございました。その後、戦災で焼失し現在の建物は昭和三十一年に再建されたものでございます。

それから、名高い山王《さんのう》日枝《ひえ》神社も忘れてはならないところでございます。もともとは滋賀県大津の日吉《ひえ》大社が総本社でございますが、文明十年（一四七八年）、太田道灌が江戸城築城の際にその鎮守として川越《かわごえ》から勧請《かんじょう》し城内に祭ったのが初めで、後に現在の地に移されたのでございます。徳川家の産土神《うぶすながみ》となってからは、江戸城の鎮守として歴代将軍の崇拝があつく、その社殿は黄金《かね》にいとめをつけず華美をつくされたものだけに国宝に指定されておりましたが、惜しい哉《かな》、やはり戦災で焼失し、昭和三十三年に今の社殿が復興されたのでございます。山王様の氏子は麹町、日本橋、京橋と百六十町に余り、神田明神と江戸を二分したような形で、その祭礼の時は江戸城内まで神輿が渡御《とぎょ》することを許され、江戸庶民を大いにわかせたものでございます。ちなみに山王様のお神使《つかわしめ》は、お猿さんで、猿は近江のヒエの山（比叡山）に鎮座する神と信じられ、サル（去る）の語感をきらって反対語のエテ（得手）と言う場合もございますが、災難を去る、悪って縁起を喜ぶという信仰のもとになっているそうでございます。

　このほかに皆様にご紹介しておきたいのが、それぞれ名前に故事由来を持つ、赤坂の坂の数々でございます。

　そもそも、赤坂という名前自体が赤根山に登る坂を「赤坂」（後に紀伊国坂）と呼んだところから、このあたり一帯を赤坂と呼ぶようになったというのは、先にお話し申し上げた通りでございますが、なお、これには諸説があり、このあたりが茜《あかね》の産地だったから、あるいは赤根山の土赤きがゆえに赤坂という地名がついたという説もございます。

　ただ、不思議なことに古い文献によりますと、三河（愛知県）、美濃（岐阜県）にも赤坂という地名がございますそうで、いずれも、その昔、遊女ありし里とはこれ如何に。案外に赤坂とは「紅燈《こうとう》明暗《めいあん》」（花柳界）の「紅《くれない》」から出た地名やもしれぬ、と考えますするのも、また一興でございましょう。

　さて、赤坂の坂といえば、まず前述の元赤坂の紀伊国坂、九郎九坂《くろくざか》（江戸時代の一ツ木町名主・秋元八郎佐衛門の先祖、九郎九が住んでいたので）、赤坂一丁目の付近は霊南坂（江戸の初め、東禅寺がここにあり、開山霊南和尚《れいなんおしょう》の名から）、榎坂（溜池の工事が家康より浅野家に命ぜられた時、その奉行であった矢島長雲という家臣が工事完成を記念して榎を堰堤《えんてい》に植えたので）、それに桜坂。赤坂二丁目には南部坂（江戸の初め、南部家中屋敷があったので）。

赤坂四丁目には牛鳴坂《うしなぎざか》、丹後坂《たんござか》（近くに米倉丹後守《たんごのかみ》の屋敷があったので）、弾正坂《だんじょうざか》（西側に吉井藩松平氏の屋敷があり、代々弾正大弼《だいひつ》に任ぜられることが多かったので）、円通寺坂《えんつうじざか》（円通寺の近くなので）、薬研坂《やげんざか》（中央がくぼんだ形が、薬を砕く薬研に似ていた）。

赤坂六丁目には氷川坂《ひかわざか》（氷川神社の正面にあるので）、元《もと》氷川坂《ひかわざか》、転坂《ころびざか》（道が悪いので、よく人が転んだ）、檜坂《ひのきざか》（江戸時代に檜が多いため檜屋敷といわれた山口藩毛利邸に添う坂だったので）。

赤坂七丁目には稲荷坂《いなりざか》、三分坂《さんぶざか》（急坂のため車賃を銀三分―現百円―割増しにしたので）、新坂《しんさか》（旧新坂町と台町との境にあり、元禄十二年に新たに通じた道で、当時の名称がそのまま）。赤坂八丁目には乃木坂（乃木将軍の邸宅の近くなので）。

以上、主だった坂でも十九程あるのでございますが、この赤坂の坂を詠みこみまして、恐れながらここで即興の赤坂坂尽くしを一席。

『頃は元禄、場所は赤坂氷川坂。飛脚の与平は足を滑らせ、すってんころりん転坂。あまりの痛さに目をしろ九郎九坂。これを見ていた茶屋の娘、名はおいと。すぐさまかけ寄り、お気の毒に弾正坂（大丈夫）？　与平は照れてわざと娘にじ薬研坂（邪険）。それでも、おみ足痛そうゆえ、私の店の乃木坂（軒先）でお休みくだされ。せめて三分坂ほど。娘はいそいそ世話をや紀伊国坂。どうぞ召しませ、お稲荷坂。それとも甘い丹後坂（団子）。

……それから二人は、本氷川坂でたびたび落合坂。いつしか与平は娘に新坂（しんそこ）ほ霊南坂（惚れ）。想いが通じてめでたくご円通寺坂（ご縁も通じ）。

与平は思う、おいとのためにいつか建ててやりたや、榎坂（えのき）か檜坂（ひのき）か住みよい家を。寄り添い微笑むおいとの頬はほんのり桜坂。

赤坂ほんに坂多し。他にも牛が苦しむ牛鳴坂、難歩《なんぶ》といわれるほどの南部坂。険しい坂も多かれど、時には与平のように災い転じて福となる。赤坂、美坂《みまさか》、坂尽くし。お粗末さまでございます。』……銀杏の戯《ざ》れ言《ごと》にて失礼仕《つかまつ》りましてございます。

あなた様もお気が向いたら、どうぞ一度赤坂の坂をゆっくり歩いてごらんになりませんか。苔のむした石垣や、深い緑に抱《いだ》かれてどこか哀愁おびた坂。昔の面影どこへやら、ビルとビルにはさまれて渇いた足音立てる坂。坂の表情はさまざまで、今も昔も、その時、その坂を歩き、歩いた人の心もさまざまで、何かを語りかけてくれるかも……。

こうして坂の多い複雑な地形を持つ赤坂の町の現在の多様な発展ぶりは、その地形の複雑さの反映なのでございましょうか。

今なお、高台には豪邸がひっそりとたたずみ、麓には色香に韜晦《とうかい》されたあやしさ秘めて花柳界が息づき、こなたでは新興歓楽街が時の声をあげる。ビジネス街の様子を呈す一画があると思えば、ファッショナブルな商店街が軒をつらね、すぐ隣には昔からの下町風の八百屋さんが、肉屋さんが。そこをテレビ局を出入りするタレントさんが気軽に歩いてゆく赤坂。新旧、業種も入り乱れてモザイク模様もあざやかな、静かな華やぎ秘めた町。

何でも、十年程前から不動産業者の間では、土地を買うなら「三色国旗を狙え」と密かに言われ

赤坂見附付近は桜の名所であった。昭和７年（影山光洋氏提供）

ていたそうで、つまりこれから伸びる土地は赤坂、青山、白金であると専門家筋はにらみ、フランスの赤青白の三色国旗に洒落ながらも、このあたりの土地の買収合戦はかなり熱気をはらんだもののようでございます。

　また、赤坂に魅せられた、というよりご縁のあった文士の方も少なくはなく、白樺派の作家里《さと》見《み》弴《とん》氏は幼いころの一時期、赤坂の氷川神社の近くに住まわれ、作家にして歌人の久保田万太郎氏は、昭和三十八年に亡くなるまでの晩年を、赤坂で過ごされたのでございます。

　久保田万太郎氏の住居は、建物も当時のまま、現在は料亭「銀閣」（編注、現在閉店）となっているところでございます。

　久保田氏と親交のあった里見弴氏は、作家有島武郎氏の実弟にあたり、志賀直哉氏や武者小路実篤氏と親しい間柄にあった方でございます。昭和

旧久保田万太郎氏邸、料亭「銀閣」

五十七年、氏が齢《よわい》九十三歳で鎌倉でお元気に過ごされていた頃(昭和五十八年ご逝去)、ある人が里見氏を訪ね、赤坂そして久保田氏の思い出を問うたところ、里見氏が七歳(明治二十八年)の時に父君が官界から実業界へと転身し、一家で鎌倉から赤坂へ移り住み、里見少年は赤坂中ノ町小学校に入学。当時の赤坂の家の間取りは今でもよく覚えておられるとのこと。

長じては、赤坂の有名な待合に足しげく通いもしたが、文士という職業はたとえ有名人でも女将さんに好かれる類のものではなく、なじみになるのに骨がおれたとか。

ちなみに氏の代表作「多情仏心《たじようぶつしん》」は赤坂溜池の待合「三島」(編注、現みずほ銀行赤坂支店のある所)にこもって執筆されたもので、執筆中に関東大震災に遭遇し、九死に一生を得たのが強烈な思い出。

吉川英治氏、赤坂表町の自邸「草思堂」にて。昭和 10 年頃
講談社「伝記・吉川英治」より

この「三島」を、ある作品で登場させる必要があった時、本名ではまずいと「興津」という名に変えたところ、久保田万太郎氏が「酒落てるね」とほめてくれたとか。

「何となれば……」血色の良い頬をほころばせて里見氏、にやりと笑うと「東海道線で同じ並びの近い駅同士だもの、まんざら遠い仲でもあるまいて」。

里見氏にとって赤坂は幼いころの思い出と、花柳界での思い出が強く交錯するところのようでございました。

また、赤坂の個性あふれる住人といえば、宮内省の主厨長《しゅちゅうちょう》をつとめて「天皇の料理番」を自負された料理の名人、秋山徳蔵《とくぞう》氏が赤坂溜池（後に赤坂表町の吉川英治邸の隣に移転）に。踊りの名手といわれる吾妻徳穂《あづまとくほ》女史が赤坂福吉町（編注、現赤坂二丁目の赤坂フラワーハイツのところ）に一時住まわれていたことがございます。

そして、赤坂霊南坂教会を設計された日本建築学の始祖、辰野金吾《たつのきんご》教授がやはり赤坂新坂町に。辰野博士の歴史は即ち明治・大正年間の我が国の建築史といわれ、ネオバロック様式による日本銀行本店（一八九六年）、折衷《せっちゅう》様式の東京駅（一九二一年）が前・後期の代表作。他に奈良ホテル、両国国技館（ともに一九〇九年、編注、現在の両国国技館とは異なる）の設計も博士によるものでございます。ちなみにご子息の辰野隆《たつのゆたか》博士は仏文学者で、鋭い美的感覚と軽妙な文章によって名随筆家としても知られるとともに、日本仏文学界育ての親といわれ、分野こそ違え親子二代にわたって大きな学問的業績を残されたのでございました。

さて、江戸から明治、大正、昭和へと赤坂の変遷眺めつつ、節子様を中心に赤坂の印象深い方々の思い出を綴って参りましたが、赤坂に幾世代かを重ね、赤坂の歴史とともに歩み、赤坂を、そして銀杏のこの私をも、守り慈しんできてくれた町の人々への感謝の気持も忘れてはならないと思うのでございます。

秋が深まる度に、私の立っておりますここ氷川小学校（編注、現赤坂六丁目六番あたり）では、毎年十一月の中旬から二週間ほど「いちょうまつり」と題し、趣向をこらした催し物をして、私の目を楽しませてくれるのでございます。

氷川小学校のモットーの一つに、「勝海舟先生の気概を見習い、銀杏のように大きく健やかな人間

大銀杏のある氷川小学校生徒の作品

に」という精神があり、いちょうまつりの初日には、生徒が作詩作曲してくれた「大イチョウの歌」を必ず全校生徒で合唱してくれますので、嬉しいやら恐縮するやらも、可愛い歌声に心を励まされるような気がして一心に耳を澄ますのでございます。

銀杏は別名、公孫樹《こうそんじゅ》とも呼ばれておりますが、これはいちょうが植えてくれた人の孫の代に、ようやく実がなるところからついた名前でございます。

私たち銀杏族にとって、人様が三年もしくは四年と勘定する時の長さが、かろうじて一年を満たすもので、このところ、ビルやマンションの建設が相次ぎ、赤坂の風景がめまぐるしく変わってゆきますのには、ただ目をみはるばかりでございます。

はてはて、赤坂の鎮守の杜《もり》に烏《からす》の鳴かぬ日はあっても、赤坂のどこかに工事の槌音《つちおと》の聞こえぬ日はないとかや……。

頭をめぐらし空を見上げれば、雲は昔と変わらず悠々と静かに流れて、下界のさまざまのことなど気にもとめないおおらかな風情。

この赤坂の空は、御所の空とほぼ隣り合わせに続くものなれば、ある宮廷人は、

吹上《ふきあげ》（御所）と赤坂の空を
　飛びかひし　おほづるの姿
　　いまも目に見ゆ

と歌われたものでございますが、あの頃まだ少女の面影のまま入内《じゅだい》された節子様も、御所の窓から時折り赤坂の空を、一人恋しく眺められたのではございますまいか。赤坂の空の下に住む懐かしい人々や、風景を思い浮かべながら……。

ああ、さまざまな思いをはせるうち、日は暮れ始めて、何と長いお話をお聞かせ申し上げてしまったことでございましょう。

それでも、ここでお目にかかりましたが何かのご縁。世にふる銀杏の身ゆえに、赤坂の歴史の水先案内人をもって任ずるものなれば、つたない語りではございましたが、あなた様に赤坂の町を理

解していただく一つの手がかりとなることができましたら、とても嬉しゅうございます。

ほんに言葉は言《こと》の葉《は》と書きますものの、二百余度《よたび》の秋がめぐるたび、私の足元には黄金色《こがねいろ》の数えきれない「声なき言の葉」が空しく舞いおちては、せつない無言の饒舌《じょうぜつ》をただ〳〵繰り返すばかりだったのでございますから。


今、次第に雲を紅に染めてゆく夕陽に、身をあずけながらしみじみ思うのでございます。

物語の最初に、私は数えきれない赤坂の朝日を、そして夕日を見てきたと申し上げましたが、それは赤坂に住まわれた人々の人生のさまざまな朝日と夕日でもあったのだと。

これからまた、幾度の春を、秋を赤坂で迎えますことか……。

日々変わりゆく赤坂に目をこらしながらも、私は幾末長く、愛しい赤坂の町を、人々をそっと見守ってゆきたいと思うのでございます。(完)

資料

時代	年号	西暦	日本史（社会、経済、文化）	港区史（赤坂中心）
縄文時代・先土器時代			狩猟、狩漁生活が行われていた（たて穴住居、貝塚、縄文式土器、石器、骨角器）。 農耕生活が始まる。 小国家が分立する。	現在の東京付近の沖積層低地の大部分は海で人は棲息せず。 石器時代人が溜池湾、渋谷川（仮称）支流の入江に沿った台地に居住し、狩猟、狩漁生活を営んでいた。 一ツ木貝塚、青山墓地貝塚、青山墓地土器、伊皿子貝塚（三田）、本村町貝塚（南麻布）あり。
弥生時代		五七 二三九	倭の奴国王、後漢に入貢し、印綬を受ける。 邪馬台国の女王卑弥呼、魏に遣使、印綬を受ける。	伊皿子貝塚に宮の台式土器をともなう方形周溝墓あり。 港区の弥生時代の遺物は少なく関東はまだ文化のはずれにあった。
大和時代		二六六 三六九	倭の女王壱与、晉に遣使。 大和朝廷、全国統一（四世紀半ばまでに）。 前方後円墳、各地で盛んにつくられる。 倭軍、朝鮮に出兵、南鮮に領土を広める。帰化人の渡来あり。	丸山前方後円墳（現芝公園）、亀塚（三田）に古墳らしきものあり。竈跡を持つ伊皿子住居跡あり。

大和時代

西暦	年号	事項	
三九一		倭軍、百済、新羅を破り、高句麗と戦う。	
五二七		筑紫国造磐井の反乱。	
五六二		新羅、任那の日本府を滅ぼす。	
五九三		聖徳太子、摂政となる。	
六〇七		小野妹子を隋に遣わす。この頃、法隆寺建立。	
六四五	大化一	大化の改新。中大兄皇子と中臣鎌足蘇我氏を滅ぼす。難波に遷都。	大化の改新に際して、新たに郡縣制度が行われ、武蔵国もその時建置される。
六六七		近江大津宮に遷都。	
六七二		壬申の乱。大海人皇子大勝し、飛鳥浄御原に遷都。	
六九四		藤原京に遷都。	
七〇一	大宝一	大宝律令制定。	
七〇八	和銅一	武蔵国、銅を献上、和銅と改元。和同開珎を鋳造。	

時代	年号	西暦	日本史（社会、経済、文化）	港区史（赤坂中心）
奈良時代	和銅三	七一〇	平城京に遷都。	
	和銅五	七一二	古事記編纂《へんさん》。	
	養老四	七二〇	日本書紀編纂。	
	天平一	七二九	長屋王の変。藤原光明子、皇后となる。	
	天平勝宝八	七五六	正倉院建立。	
	天平宝字三	七五九	唐招提寺建立。	
	宝亀十一	七八〇	この頃、万葉集なる。	
	延暦十三	七九四	平安京に遷都。	
平安時代	天長一	八二四		この年、善福寺（現麻布）が弘法大師（空海）によって開かれたという伝説あり。
	元慶八	八八四	藤原基経、関白となる。	
	寛平六	八九四	菅原道真の意見により遣唐使廃止。	
	延喜五	九〇五	古今和歌集なる。	

平安時代	承平五	九三五	承平、天慶の乱始まる(〜九四一)(平将門、藤原純友の乱)。	
	寛仁一	一〇一七	藤原道長、太政大臣になる。「枕草子」「源氏物語」「栄花物語」平等院鳳凰堂建立。	
	応徳三	一〇八六	白河上皇、院政を始める。	
	保元一	一一五六	保元の乱。	当時、現港区付近は桜田郷の内にあり、隣接の御田(三田)郷とともに荏原郡に属していた。
	平治一	一一五九	平治の乱(源義朝、平清盛に敗れる)。	
	仁安二	一一六七	平清盛、太政大臣となる。平氏全盛。	**この頃、現東京都の地の大半は豪族江戸氏が領有していた。**江戸氏は江戸湾に面する高燥の地を選び居館の地と定めたが、後世、そこに江戸城が建てられることになる。

時代	年号	西暦	日本史（社会、経済、文化）	港区史（赤坂中心）
平安時代	治承四	一一八〇	源頼朝が伊豆国蛭ヶ小島で挙兵。	江戸（太郎重長）氏は千葉氏らとともに頼朝に加勢し、鎌倉幕府創設の起動力となる。
	寿永三	一一八四		源頼朝、飯倉御厨《いいくらみくりや》を伊勢神宮に寄進。（吾妻鏡）
	文治一	一一八五	平氏、壇の浦で滅亡。	
鎌倉時代	建久三	一一九二	源頼朝、征夷大将軍となる（武家政治始まる）。	
	承久三	一二二一	承久の乱。後鳥羽上皇が中心の倒幕の乱。上皇側敗る。	
	元仁一	一二二四	北条泰時、執権となる。	
	文永十一	一二七四	元軍、九州に来襲。「平家物語」	
	弘安四	一二八一	元軍、再度来襲。	
	元弘三	一三三三	鎌倉幕府滅亡。	
南北朝時代	建武一	一三三四	建武の新政。	

南北朝時代	延元三 暦応一	一三三八	足利尊氏、征夷大将軍となる。	
			「徒然草」「神皇正統記」	
	応安年間	一三六八〜七五		黄金長者と呼ばれる長者が現青山にあり。（江戸砂子より）
	元中九 明徳三	一三九二	南北朝の合一。	
			「太平記」「増鏡」	
室町時代	応永年間	一三九四〜一四二八		白金長者と呼ばれる長者が現白金台にあり。（江戸砂子より）
	応永八	一四〇一	足利義満が明と国交を開く。	
	正長一	一四二八	最初の大規模な土一揆がおこる。	
	長禄一	一四五七	太田道灌、江戸城築城。	太田道灌時代は、江戸に城下町が形成され港区地域の海岸には漁家、低地には田園、台地には村落があった。
	応仁一	一四六七	応仁の乱（〜七七）細川氏、山名氏の権力争い。	
	文明七	一四七五	山城の国一揆おこる。	
	文明十八	一四八六	道灌暗殺され、扇谷上杉氏、江戸城を収む。	

時代	年号	西暦	日本史（社会、経済、文化）	港区史（赤坂中心）
室町時代	長享二	一四八八	加賀国に一向一揆おこる。この頃、戦国大名の争いが各地におこる。	
	大永四	一五二四	北條氏、江戸城略取す。	北條氏綱と上杉朝興が高縄原《たかなわはら》（現高輪）にて戦い北條氏勝利。一ッ木原に旗を打立て勝ちどきをあげる。（相州兵乱記）
	天文十二	一五四三	ポルトガル人が種子島に漂着し、鉄砲を伝える。	
	永禄二	一五五九		北條氏は軍事用役の賦課基準（役高《やくだか》）を示す「小田原衆所領役帳」を作成。その中に「飯倉九五貫六五二文　阿佐布五三貫二〇〇文　三田四二貫三五五文　今井三七貫三〇〇文　白金二〇貫文　桜田五二貫文　一ッ木貝塚六二貫六〇〇文」原宿十一貫七〇〇文　金曽木十九貫九〇〇文等、現港区内と思われる知行地名と貫高の記録あり。

時代	年号	西暦	事項	地域の事項
室町時代	永禄十	一五六七		この頃まで人継原と呼ばれていた現赤坂付近一帯を秋元頼母という人が開発し、人継村として百姓町屋を支配して年貢諸役を勤めた。大圧屋頼母といわれ**赤坂人継村の草分**であった。（文政町方書より）
室町時代	天正一	一五七三	室町幕府滅ぶ。	
安土・桃山時代	天正五	一五七七		善福寺（麻布）、大阪石山で織田信長と戦う本願寺に援助を送る。
安土・桃山時代	天正十	一五八二	織田信長、殺さる（本能寺の変）この年より太閤検地開始（〜九八）	
安土・桃山時代	天正十五	一五八七		北條氏、江戸城代の遠山政景に柴村の船と船橋用の船への準備を命令す。
安土・桃山時代	天正十六	一五八八	刀狩が行われる。	
安土・桃山時代	天正十八	一五九〇	豊臣秀吉、自ら大軍を率い徳川家康を先鋒として小田原城を包囲。北條氏滅ぶ。秀吉、全国統一。家康に関東の地を与え、その居城を江戸城と定める。	当時の江戸は「東の方、平地の分はどこもかしこも汐入の茅原にて町屋侍屋敷を十町と割付べき様もなく、西南の方は平々と萱原武蔵野に続き、どこをしまりと云うべき様もなし」（『岩淵夜話別集』）という状態であった。

時代	年号	西暦	日本史（社会、経済、文化）	港区史（赤坂中心）
安土・桃山時代			この頃の江戸は太田道灌時代の盛観を失い、戦乱の為、荒れ果てていた。 六月初旬、家康は江戸入国の準備及び整備の為、徳川家譜代大名の重臣、**内藤清成**、**青山忠成**を江戸に派遣する。 八月一日、家康、江戸入国。	**江戸入国順路**は小田原より陸路を東に相模国より六郷川上を渡り、世田谷、渋谷を経て二本榎徳明寺に小休し、**赤坂の一ツ木から溜池通りをめぐり**貝塚増上寺に休息の後、入城した。
	天正十九	一五九一	江戸開拓に功労ありとして、内藤・青山の両氏、江戸に邸地を賜わる。	**青山忠成**に支給された広大な邸地は現港区内にあり、**青山の地名はこの青山氏に因むものと**言われる（『御府内備考』より） 青山忠成の弟、幸成の没後、邸内にお寺が建てられ幸成の法名より梅窓院（現存）と名づけられた。
	慶長四	一五九九		阿部忠吉、麻布に給邸さる。
	慶長五	一六〇〇	関ヶ原の戦いがおこる。	

時代	和暦	西暦	事項
安土・桃山時代	慶長七	一六〇二	桜田、霞ヶ関の民家を虎ノ門付近に移す（家康の市街編成政策のひとつ）。最初の江戸図完成さる。
江戸時代	慶長八	一六〇三	徳川家康が征夷大将軍となる。
江戸時代	慶長九	一六〇四	東海道の起点を日本橋とする。この頃、**「新橋」**が創架されたと思われる。
江戸時代	慶長十一	一六〇六	江戸城大修造開始。和歌山藩主、浅野幸長が家臣矢島長雲に命じ**「溜池」築造**。「溜池」は赤坂見附から山王台の麓をめぐり虎ノ門に至るまでの間につくられ、外堀の一部を成すとともに、当時の江戸の上水源となった。
江戸時代	慶長十二	一六〇七	諸国、江戸に痘瘡流行。
江戸時代	慶長十五	一六一〇	愛宕《あたご》権現《ごんげん》の社殿完成。
江戸時代	元和二	一六一六	札の辻に芝口門高札場を設置。
江戸時代	元和五	一六一九	江戸大飢饉、痘瘡も流行し死者多数。
江戸時代	元和六	一六二〇	廣島城主浅野長晟が赤坂一ツ木に中屋敷を賜わる。

時代	年号	西暦	日本史（社会、経済、文化）	港区史（赤坂中心）
江戸時代	元和九	一六二三		十月十三日、芝でキリシタン処刑さる。 この頃より、**現港区域内に寺院創建が急増**し始める。 （キリシタン禁圧にともなう寺請制度の強制、崇門人別改帳の整備、その他の要因を加えて寺院の増加に拍車をかけたものであるが、港区に特に多いのは、寺院にふさわしい閑寂地が多く、しかも江戸の中心から、比較的近い為と思われる。）
	寛永九	一六三二		和歌山城主徳川頼宣（初代紀州侯）が元赤坂に中屋敷を賜わる。（明治時代赤坂離宮となる）
	寛永十二	一六三五	参勤交代の制度定まる。外様、譜代に関わりなく大名の妻子を常に江戸に置く	**大名屋敷増加す**。一旦の有事の避難場所に充てる為、上屋敷ほか身分に応じて中屋敷、下屋敷も支給さる。
	寛永十二	一六三五		八丁堀の寺院、三田へ移建。

江戸時代

寛永十三	一六三六		**赤坂御門**（江戸城の赤坂、青山方面出口）一部完成。御堀開鑿（弁慶堀）。芝網縄手に新銭座設置。**虎ノ御門**、一部完成。 **萩城主毛利秀就**が赤坂檜町に下屋敷を賜わる。この邸地には檜が多かったので**檜屋敷**と呼ばれた。
寛永十四	一六三七	島原の乱がおこる。	
寛永十五	一六三八		十二月三日、芝でキリシタン処刑さる。
寛永十六	一六三九	鎖国令が出される。	
寛永十七	一六四〇		十月一日、芝居町で出火、柴井町と改称。 **赤坂鍔《つぼ》が寛永年間より世に喧伝さる。**武家屋敷の多い土地柄、刀の鍔の製作に従事する者ができ、一流の技打透し鍔で「赤坂鍔」として当時、有名であった。
正保二	一六四五		芝神明で江戸最初の宮芝居が上演される。
慶安二	一六四九	慶安の御触書が出る。 町人文化が上方で栄える。	

時代	年号	西暦	日本史（社会、経済、文化）	港区史（赤坂中心）
江戸時代	承応二	一六五三		溜池の一部、赤坂見附から山王下までの赤坂側が埋めたてられることになり工事開始。埋立地は紺屋の干場などに使われ、桐を植えたところは**桐畑**と呼ばれた、おいおい町家ができると古町と呼ばれ、住民は江戸城中のお能拝見が許され、酒菓をいただく特権が与えられた。困難な埋め立ての労をねぎらわれたものと思われる。（古谷治著、『霞ヶ関界隈旧事考』）
	承応三	一六五四		前年より工事の始まった玉川上水が虎ノ門に配管される。
	明暦三	一六五七		江戸に大火、振袖火事。札の辻まで延焼（明暦の大火）。
	万治三	一六六〇		青山上水完成。
	寛文四	一六六四		三田上水開通。
	寛文七	一六六七		古川新堀工事が行われる。
	寛文十二	一六七二		土器町四辻、金杉橋に下馬札。

江戸時代			
延宝六	一六七八		飯倉狸穴に甲府藩主徳川綱重の屋敷が完成。
延宝八	一六八〇	徳川綱吉が将軍となる。	芝に高潮。 **この頃、青山に幕府の鉄砲百人組の一つである甲賀組が組屋敷地内に居住して甲賀町**（外苑西南辺）と言われていたが、薄禄の足として「春慶塗」を内職としていた。ひのき、もみの木を材料として、木理が見えるように漆を透し塗りしたものであった。 **又、同じく青山辺に居住の薄給御家人の手内職に傘張りがあり「青山傘」と呼ばれた。**
天和一	一六八一		芝牛町に下馬杭
天和二	一六八二		牛込河田窪原町より出火。市ヶ谷から四谷に移り、赤坂堀端通り、千代姫御方下屋敷（旧丹後町、一ツ木町辺）に飛火して三田芝海岸まで延焼す。
貞享一	一六八四	諸国に疫疾流行。	
貞享二	一六八五		芝と三田で区域内初の開帳。

時代	年号	西暦	日本史（社会、経済、文化）	港区史（赤坂中心）
江戸時代	元禄五	一六九二		寺院新立が厳禁された。
	元禄八	一六九五		二月八日未刻、四谷伝馬町より出火、芝浦の海岸にまで及び紀州邸はじめ大小名の邸宅、市井の民屋、六万七千四百戸を焼失。**赤坂方面の大半は焼野原となった。** 二月十八日、**定火《じょうひ》消《けし》**（幕府直属の消防隊）**屋敷**が赤坂門外と溜池上の二ケ所に増設される。
	元禄九	一六九六		九月九日、江戸に大風雨襲来す。当地区にあった松平安藝守屋敷跡崩落し死者数名。
	元禄十一	一六九八		麻布薬園完成。 七月十八日、四ノ橋へ船入工事。
	元禄十四	一七〇一	江戸城中、松の廊下事件。	三月十四日、播州赤穂藩主浅野内匠頭長矩が江戸城中で吉良上野介義央に遺恨による刃傷に及び即日切腹。赤穂城召し上げ。 江戸に於いては三月十七日鉄砲洲の上屋敷八千九百余坪を、また翌日には溜池付近、今井台にあった氷川下屋敷千三百九十坪を召し上げられた。

年号	西暦	江戸時代	当地区
元禄十六	一七〇三		二月四日、赤穂浪士切腹。この頃、高輪に茶屋現われる。
宝永六	一七〇九	新井白石の正徳の治が始まる。	
宝永七	一七一〇		車町に大木戸建設、高札場を移す。芝口門を銀座に移す。
享保一	一七一六	徳川吉宗が将軍となる（享保の改革）。	品川宿に助郷組合を定める。
享保三	一七一八		町火消組合を設置
享保七	一七二二		千川、青山、三田上水を廃止。
享保八	一七二三		赤坂伝馬町より出火、一ツ木の氷川明神＝氷川神社（現赤坂小学校後方）下を焼き、麻布、飯倉、三田、白銀、芝海岸まで延焼。
享保十三	一七二八	九月二日、江戸で大水災。	当地区では松平安藝守中屋敷南方で山崩れあり旗本家敷四・五軒埋め死者も出た。麻布、赤坂の台地では激しいがけ崩れがあった。

時代	年号	西暦	日本史（社会、経済、文化）	港区史（赤坂中心）
江戸時代	享保十四	一七二九		赤坂紀州邸（現、迎賓館、東宮御所の地）で生まれた**徳川吉宗は赤坂の鎮守、氷川明神を産土神として尊崇していたが、この年に明神を一ツ木の「故呂古が岡」から現在の地に移して新社殿を完成させ特赦を行った。この地は元備後三次城主浅野土佐守の下屋敷（浅野長矩夫人瑤泉院の生家）であったが**嗣なくして享保四年に浅野家断絶の為に収公され火除用地から植木溜御用地となっていた。
	享保十七	一七三二	駿河、伊豆、陸奥諸国に蝗が大量発生。米価急騰す。	三月二十八日、江戸に大火。浅草、巣鴨、西丸下、その他から出火し本所、牛込、小石川、桜田、芝あたりまで延焼。
	享保十八	一七三三	前年の蝗害の為、江戸で飢者増え、幕府救済措置をとる。	
	延享二	一七四五		二月十二日、千駄谷瀧川播磨守下屋敷より出火。北風烈しく青山、麻布、白金、高輪一帯を焼き、夜に入り品川に至って漸く熄んだ。現在の青山四、五丁目は灰燼に帰し、死者は千三百二十三人に及んだ。

江戸時代			
延享三	一七四六		この頃、赤坂門外の溜池の端に娼家が表町裏町にあり。また、附近の桐畑や風呂屋町には湯女風呂が出来。これらが**赤坂花街の起源**となった。
延享五	一七四八		当時、江戸府内には九ヶ所に時の鐘があったが、この年八月二十八日から**赤坂田町の成満寺の鐘も「時の鐘」の一つとなる。**
宝暦十二	一七六二		溜池の第二回埋め立て工事で山王下付近の埋め立てが始まるが、それでも尚且つ、溜池は広大な池であった。
安永一	一七七二	田沼意次、老中となる。	この頃、溜池付近に住んでいた茂石衛門が願い出て**溜池に蓮を植え始めた。**後年、「東都歳時記」に「赤坂溜池、上野忍池に続いて蓮多し」と記録されるまでになる。
天明二	一七八二	天明の大飢饉、始まる。	

時代	年号	西暦	日本史（社会、経済、文化）	港区史（赤坂中心）
江戸時代	天明六	一七八六	七月十二日、江戸で大水災。大凶作となる（関東大洪水）。	**江戸では浸水の被害甚大。**低地の深川では特に甚しかったが、当地区では丹後坂下黒鍬谷方面で崖崩れがあり御普請役の家作を押潰した。
	天明七	一七八七	**江戸の飢饉、極に達す。**天明二年からの飢饉が前年の水災により困窮を極め、窮民蜂起して米屋を襲う。（天明の打ちこわし）この年、松平定信が老中となり種々の改革を始める（寛政の改革）。	**赤坂、青山でも打ちこわし始まる。**「廿日之夜（天明七年五月）いつ方よりか参候哉、年の比十七、八才に見え候大若衆先に立候て、赤坂辺より初めて山の手は、四ツ谷、青山辺の玄米屋、舂米屋のこらず打ちこわし、……下略」『天明七丁未年江戸飢饉騒動之事』より。
	寛政四	一七九二	ロシア使節ラクスマン、根室に来る。	
	文化五	一八〇八	間宮林蔵が樺太を探険する。	
	文化十一	一八一四		雲州松平侯お抱えの力士であった**雷電為右衛門が三分坂にある報土寺に洪鐘を寄進したが、**その図柄が異様なこと、また鐘楼再興禁止の法にふれるとして取りこわしを命ぜられた。

時代	年号	西暦	事項	赤坂・青山
江戸時代	文政一	一八一八	江戸朱印を決定する。	
	天保三	一八三二		**青山で野菜立売紛争。**精米業者、米流通で対立。
	天保八	一八三七	大塩平八郎の乱がおこる。	
	天保十	一八三九	蛮社の獄。	
	天保十二	一八四一	水野忠邦の天保の改革が始まる。	
	弘化二	一八四五		青山で大火。一月二十四日の昼頃、青山権田原、三筋町辺より出火、麻布、芝高輪海岸まで延焼した。被害甚大の為、幕府は赤羽橋際、その他に御救小屋を建て、罹災者一人に付白米三升、銭二百文ずつ出して救災。この大火は**「青山火事」**と呼ばれた。
	弘化三	一八四六		**勝麟太郎**（二十四歳）、**赤坂田町**へ**移転してくる。**〔勝麟太郎—後の海舟—は本所亀澤町に生まれ、少年の頃、剣を島田見山に学ぶ。牛島弘福寺に参禅する傍ら蘭学に志し、赤坂溜池の黒田

時代	年号	西暦	日本史（社会、経済、文化）	港区史（赤坂中心）
江戸時代				氏邸内に居た筑前藩士永井助古（青涯）―時の藩主黒田長溥が蒐集した蘭書の翻訳をしていた―について弘化二年より蘭学の習得を始めた。赤坂移転はその便宜の為と思われる〕
	嘉永三	一八五〇		**高野長英、青山百人町で自決。** 〔蛮社の獄により赤坂伝馬町の牢舎に囚われていた高野長英は弘化二年の大火により獄舎が延焼の際、獄法により他の囚人と三日を期して放たれたが帰らず脱獄する。硝石で顔を焼いて容貌を変え、各地に潜伏の後、青山百人町に住み、医業の傍ら著訳に従っていたが、幕吏の知るところとなり襲われ自決した。赤坂田町の勝麟太郎に庇護を求めたこともあるが、幕臣である勝は気の毒に思いながら匿まうことができなかった。〕 **この年、勝麟太郎は赤坂田町に私塾を開いて蘭学と洋式兵学を教授し、付近の桐畠で教練を行った。**

嘉永六

一八五三

ペリー浦賀に来航。江戸湾にも現われる(黒船の来航)。防衛対策として、幕府は江川太郎左衛門に命じ江戸湾口に台場（人口砲台）の築造を急遽開始させた。

これが「品川のお台場」で昼夜をわかたぬ突貫工事が開始された。土砂運搬の為、通路にあたる家屋は取り払われ、目黒川の水路は変更、一般交通も道筋の変更が行われた。当時の状況は喜多村信節の『聞きのまにまに』に「此節、品川に大筒台場御普請にて浅草大代地の河岸通り、柳橋手前迄、河の埋りたる所の土を掘取りて土俵となし日々茶舟にて運送、数多の人夫也り、品川は数千人蟻集せり。」と記録されている。

また狂歌に「つく鐘の六つより出でてお台場の土俵重ねて島となりぬる」、「高輪でふりさけみればはるかなる品川沖へできし島かも」がある。

台場構築の為、附近の住民、東海道中の者には相当な迷惑不便があったが、品川の遊女屋や高輪附近の店屋は時ならぬ好景気となり、失業者は重労働でも食事付きで日当二五〇文という相当な手当が出る為、喜んで台場の土方人足の仕事に集まった。

「お台場の土かつぎ、（かたげ）先で飯喰って二百と五十、死ぬよか嬉しぞよ、こいつぁ又有難てえ」（当時の俗謡）

時代	年号	西暦	日本史（社会、経済、文化）	港区史（赤坂中心）
江戸時代	安政一	一八五四	日米和親条約、締結される。	
	安政二	一八五五	十月二日、**江戸に大地震**。江戸時代最強の地震で被害最大。江戸城内外破損少なからず。潰滅家屋一万四千三百余。死者七千人、市内の諸建築、諸侯の邸宅は大半倒潰する。	当地区では山の手は被害少なくも下町の低地海岸沿いは被害甚しく死者百名近くにのぼった。また、品川の台場は急造埋立工事の為に被害多く、ことに二番台場勤番にあたっていた会津藩士中、二十五人が逃げ遅れ各自切腹という悲壮な最期を遂げ、その火焔は四日間も続いたという。
	安政五	一八五八	六月に日米修好通商条約、結ばれる（アメリカ公使はタウンゼント・ハリス、通訳はオランダ人のヒュースケン）。	
	安政六	一八五九		**六月三日、麻布山元町善福寺が幕命によりアメリカ使節公館となる。**善福寺にはその時の記録「亜墨利加ミニストル旅宿記」が残っている（余談ではあるが、善福寺がアメリカ公館となると、遠く浅草から英語を習いにくる少年があった。その少年が、後年、三井財閥の大黒柱で三井物産の創立者となった益田孝であったという）。

安政の大獄がおこる。大老、井伊直弼は弱体した幕府再建の為、反対派の有力大名、公家、志士を厳しく処罰した。

麻布善福寺に続いて、高輪の東禅寺がイギリス使節公館に。三田の済海寺がフランス使節公館に。伊皿子の長応寺がオランダの使節公館に指定された。

〔日米和親条約が締結され、事実上鎖国が解かれてから、**江戸には次々と各国の公使館が指定されたが、それは全て港区内の寺院に限られている。**原因としては当地区が江戸のうちで最も開港場横浜に近く連絡が便利なこと、都心をやや離れていること、簡便ながら陸揚場があること、滞留施設に適当な寺院が多かったことが考えられる。外人使節の滞留施設は大きい建物である必要があるが、新規に建てる余裕もなく、神社は国学との関係で特に異人を嫌い、大名屋敷も反幕勢力などで不適当であり、一視同仁的感覚と一般の聖域的感覚をも持つ寺院が外国公使館として最適と考えられたのである。

但し、幕府の下命は不可避であったが、寺院にとっては内心迷惑だったという。なぜなら大名を檀那とするものには離檀がおこり、法談、参詣などの仏事も思うにまかせず、経済的困窮は殆ど耐えられないほどであったにも拘らず、幕府の補償はきわめて不十分だったのである。

（俵元昭著、『港区の歴史』より）〕

時代	年号	西暦	日本史（社会、経済、文化）	港区史（赤坂中心）
江戸時代	万延一	一八六〇	桜田門外の変がおこる。井伊大老、反幕派の水戸浪士に暗殺さる。 十二月四日夜、米使ハリスの通訳ヒュースケン、攘夷派浪士によって暗殺さる。	ヒュースケンはこの時二十八歳であったが日米修好通商条約締結時に活躍した。
	文久一	一八六一	孝明天皇の妹、和宮（十五歳）が将軍家茂（十五歳）に嫁ぐ（公武合体政策）。	五月二十八日、水戸浪人、高輪の東禅寺イギリス公使館を襲撃する。
	文久二	一八六二	八月、薩摩藩、島津久光が江戸から帰国の途中、生麦村で騎馬のイギリス人四名を行列を乱したとして同藩士が殺傷した（生麦事件）。	同年五月二十九日には、同じく東禅寺イギリス公使館を、警護していた松本藩士の一人が襲撃した（外人への反感と多額の出費に悩む自藩の警固を解かせる為という）。
	文久三	一八六三	長州藩の急進派である尊攘派は朝廷の力を背景として攘夷の決行を幕府に迫り、下関を通行する外国船に砲撃を加えた（下関事件）。	

江戸時代			
元治一	一八六四	八月、幕府側と薩摩藩は京都から長州藩を中心とする尊攘派を一掃する政変をおこした（八月十八日の政変）。 前年の政変に対し、長州藩の急進分子は京都に反撃を行ったが失敗した（蛤御門の変）。 これにより幕府の態度硬化、長州征伐を行う。 長州藩は責任者の三家老を自決させて恭順の意を表わしたが、藩内にはそれに反対する高杉晋作らの革新派（尊攘派）がおこり、薩摩藩と秘かに軍事同盟を結んで討幕運動をすすめた（薩長連合）。	幕命により長州藩主、毛利家の江戸上屋敷、中屋敷がとりこわされる。 毛利家の上屋敷は既に文久二年に大方引きはらって国許へ運送した後であったが青山中屋敷（現赤坂六丁目）—邸内に檜の木が多かったことから**檜屋敷**と呼ばれた—の取りこわしには、八月十一日より三日間江戸中の火消人足が召集され、出火の時と同じく半鐘を乱打し、役人が指揮をとった。大邸宅をとりこわしたので、取片付けに非常な手間を要し、江戸中の人足を数日使役して木材木片の類は江戸の湯屋におろされた。『嘉永明治年間録』

時代	年号	西暦	日本史（社会、経済、文化）	港区史（赤坂中心）
江戸時代			**江戸中の物価急騰す。**開港して貿易が始まってから、国内での需給のバランスが崩れ、米・麦・塩などの日常必需品が暴騰しているところへ、毎年のように不作が続き、人々を苦しめた。	
	慶応二	一八六六	江戸で打ちこわし始まる。 同年、幕府の第二回長州征伐が行われる。が、諸藩の協力が得られず失敗に終り、将軍家茂の急死を理由に兵をひきあげる。 将軍後見職であった二十九歳の徳川慶喜が将軍に。幕府の勢威回復につとめるが、世相は混乱していた。	品川、芝、赤坂、麻布で窮民の暴動、米屋への打ちこわしがおこる。
	慶応三	一八六七	京坂一帯を中心に「ええじゃないか」の乱舞がおこる（政情の混乱、生活の窮乏に民衆は不安が爆発し	この年、十二月二十五日、三田薩摩屋敷、焼討される。

時代	和暦	西暦	事項	赤坂関連
江戸時代			たように町の中を踊り狂った)。 十月十四日、大政奉還が行われる。 江戸幕府ほろぶ。	
明治時代	慶応四 (明治一)	一八六八	五月十六日、上野の彰義隊破れる。 七月十七日、江戸より東京に改称。 鳥羽、伏見の戦い。 五箇条の御誓文。 三月十四日、十五日、勝・西郷会見。江戸城無血開城。 十月十三日、天皇が東京（江戸改め）に到着。	五月十七日、官兵により赤坂氷川明神(現氷川神社)と、その近くにあった勝海舟邸が襲撃される。が、海舟不在。実妹の瑞枝(佐久間象山の妻）が官軍隊長を説得。事無きを得る。
	明治二	一八六九	三月、東京府、五十区制となる。 七月二十二日、英国皇子イジンホルク殿下来朝（日本で最初の外国皇族の来朝）。 八月、東京府下の旗本と諸侯の土地を桑園・茶園として払い下げる布令発せられる。	「七月二十九日には赤坂紀州邸（現赤坂離宮）で能楽を供覧される。 **虎ノ門、桜田辺は千坪に付二十五圓、青山・四ツ谷・牛込辺は一五圓という低価だったため、東京府内に桑茶園が激増した。**
	明治三	一八七〇		六月、芝に仮小学校第一校開校。

時代	年号	西暦	日本史（社会、経済、文化）	港区史（赤坂中心）
明治時代	明治四	一八七一		勝海舟、徳川慶喜に従って静岡（駿府）に移る。 政府は寺社の朱印地及び除地の上納を命じ、免税地を撤廃した為、**空地の激増と地価の暴落**をまねいた。又、江戸の大名の大部分はその臣属とともに封地に帰り、幕臣も主家に従って静岡に移住した者多く、武家に依存していた町人の失業者は夥しく栄華を誇った江戸の地もこの時期衰微した。
	明治五	一八七二	田畑永代売買解禁。 富岡製糸工場創設。 国立銀行条例。	一月、生活の不安より溜池向い日枝神社前の住民より日枝神社参拝客の溜池渡し船開設願書が東京府に提出される。 三月、太政官布告により赤坂紀州邸―紀伊藩徳川家の中屋敷―の地に離宮が置かれ、英照皇太后の御座所に充てられ**赤坂離宮**と称されることになった。 四月、増上寺に開拓使学校設置。 **五月、品川・横浜間に鉄道が開通。**

明治時代

年号	西暦	一般事項	地域事項
			七月、東京青山百人町付近を墓地とすること許可になる（青山墓地）。 勝海舟、五十歳、静岡より赤坂氷川町四番地（現氷川小学校）へ転居してくる。 七月、赤坂・青山両方面の町々は新町名・唱替・合併が伺いの通り許可された（町名変更）。
明治六	一八七三	五月五日、皇居炎上。 十二月、ガス営業が開始される。	明治天皇、皇后両陛下赤坂離宮にご避難。同日同離宮を仮皇居と定める。 赤坂の有馬邸内の水天宮、日本橋蠣殻町の有馬邸へ遷座される。
明治七	一八七四	一月十四日、岩倉具視暗殺未遂事件がおこる。	赤坂喰違門外にて遭難するも九死に一生を得る。
明治八	一八七五		六月に中央気象台が赤坂葵町（現赤坂一丁目）に創立される。 溜池の埋め立て始まる。

時代	年号	西暦	日本史（社会、経済、文化）	港区史（赤坂中心）
明治時代				八月三日（後年、勝海舟に庇護され赤坂と縁の深い）米人ホイットニー一家が横浜に到着。
	明治十	一八七七		品川、新橋間に無軌道馬車開通。
				工部大学校講堂落成。この建設の為、溜池の水落ちの石垣を約六〇センチ程動かしたところ、溜池の水がたちまち枯れて干潟となる。
	明治十	一八七七	西南の役がおこる。	
	明治十一	一八七八		七月、郡区町村編制法が公布され、十一月、**東京に於いて十五区制が確立、赤坂区、芝区、麻布区などが成立する。**
	明治十二	一八七九	七月、前アメリカ大統領グラント将軍、来朝。	乃木希典（三十歳）が赤坂新坂町五十五番地に移転してきた（同年、長男勝典誕生）。
	明治十四	一八八一	国会開設の勅。自由党結成さる。	芝公園紅葉館が新築。麻布水道完成。その年、赤坂見附（江戸時代には赤坂御門外廣小路と呼ばれた）の坂の両側に桜の木が植えられた。後に桜の名所として有名になる。

明治時代

年号	西暦	一般事項	赤坂の事項
明治十五	一八八二	日本銀行開業。	黒田邸の鴨が大和煮の缶詰に。（前田道方が小石川に工場をおき、赤坂福吉町黒田侯邸内の鴨池で捕獲した鴨を原料として缶詰を製造、朝野新聞の編集長沢田直温大いにこれを珍として大和煮と命名、　時都下に流行した）（『中央区年表』より）
明治十六	一八八三		アンナ・ホイットニー、赤坂氷川町にて没。
明治十七	一八八四	華族令制定。秩父事件。	
明治十九	一八八六		**青山練兵場、設置される。** アンナ・ホイットニーの長女クララ・ホイットニー、勝海舟の息子、梶梅太郎と結婚。 この年、アンナ・ホイットニーの長男、ウィリス・ノルトン・ホイットニーが赤坂氷川町十七番地にて慈善病院・赤坂病院を開く。 **赤坂区一ツ木町の浅野芸州侯中屋敷跡地に近衛歩兵第三連隊、霞ヶ関より移転してくる。** 現霊南坂教会（当時東京第一基督教会と称す）が現在の地に移る。 溜池の本格的な埋め立てが始まる。

時代	年号	西暦	日本史（社会、経済、文化）	港区史（赤坂中心）
明治時代	明治二十	一八八七	保安条例の公布。	赤坂表町（現赤坂四・七丁目）の大岡氏（大岡越前守の末裔）の邸内にあった豊川稲荷が道の向い側（現地）に移された。大岡邸は赤坂尋常小学校（現赤坂小学校）となる。
	明治二一	一八八八		明治初期以来、機会のあるごとに道路の拡張・市街の整備が行なわれてきたが、この年までに当地区では赤坂新町、一ツ木町辺、赤坂離宮の四周、赤坂表一丁目堀端、青山南町一丁目より檜町に至る道、赤坂葵町より赤坂門下に至る道、麻布裡通り、芝公園の付近、三田四国町辺、芝三田一丁目内の道路などが新たに築造された。 赤坂方面の日常馬車人力車などに乗る高級住宅地付近の道路の改修(江戸時代以来の道路は狭かったので)が多く行われた。しかし部分的改修では時勢に間に合わず、東京の市街を根本的に改修することになり、この八月に市区改正条例が公布された。

明治時代			
明治二二	一八八九	大日本帝国憲法発布される。	二月、赤坂見附の弁慶堀に**弁慶橋**が架けられ桜とともに名所となる（この弁慶橋は京都の大工・弁慶小左衛門の名作で、神田お玉が池の東、藍染川に架けてあったのを廃橋同然の為、ここに移し架けられたもの）。 溜池町七番地（現赤坂一丁目）に**演伎座**が牛込赤城（その時は都座と呼ばれた）より移転してきた。その後、度々名前を変えるが明治二十八年、再び演伎座となる。
明治二三	一八九〇	府県制・郡制公布。	この年、五月、赤坂榎坂町に米国公使館が移転してくる。当時の榎坂町には井ト子爵邸、中山寛六邸、田中銀行赤坂支店、金子鐵次郎邸、東京火災保険株式会社赤坂支部、内山合名会社東京煙突掃除会社、頭山峰尾邸があった。（『新撰東京名所図会』）
明治二四	一八九一	第一帝国議会が開かれた。 大津事件。	
明治二七	一八九四	日英通商航海条約調印。 日清戦争おこる。 六月二十日、東京に地震（明治年間、最大の強震）あり。	

時代	年号	西暦	日本史（社会、経済、文化）	港区史（赤坂中心）
明治時代	明治二八	一八九五	下関条約調印。三国干渉。	新橋・八ツ山間に馬車鉄道開通。七歳の里見弴（本名山内英夫）、家族とともに赤坂に転居。
	明治二九	一八九六		八月、芝給水場完成。
	明治三一	一八九八	隈板内閣成立。	大倉喜八郎、五十万円を出資して、赤坂葵町に財団法人大倉商業学校を創立。
	明治三二	一八九九		勝海舟、赤坂氷川町の屋敷にて没（七十七歳）。
	明治三三	一九〇〇	五月、嘉仁親王（後の大正天皇）、九條節子様とご成婚。	赤坂福吉町の九條公爵第四女、節子様、嘉仁親王に嫁ぐ。十月、黒田長成によって福吉町、現東急観光ホテルの前の道路が造られる。
	明治三四	一九〇一	四月二十九日、嘉仁親王と節子様に親王（今上天皇陛下）ご誕生。	赤坂表町に高橋是清が居を構える。

明治時代

明治三五	一九〇二		溜池の埋め立て工事が進み、この頃には幅十メートルほどの溝となる。埋め立て地である、赤坂田町には商店、待合、検番、芸妓屋などがふえる。
明治三六	一九〇三		八月二十二日、新橋・八ツ山間に電車開通。
明治三七	一九〇四	日露戦争。	戦争景気などにより、赤坂花柳界は非常な活況を呈す。芸妓屋「春本」「林家」がその筆頭。春本の美妓・万竜が広告・ポスターに登場し、赤坂芸者の名を高らしめた。九月、青山三丁目―赤坂見附―三宅坂電車開通。以後次々に幹線開通。
明治三八	一九〇五	日本海海戦。ポーツマス条約調印。	丸山古墳が発見される。
明治四一	一九〇八		十月一日、当区（現港区域）の人口、二五万三四五三人に達する。
明治四二	一九〇九		外濠線開通し、山王下、溜池、葵橋（後に廃止）の三停留場が設けられた。また、葵橋のやや東から分岐して霊南坂に達する一線が設置されたが、この分岐線は早く廃された。

時代	年号	西暦	日本史（社会、経済、文化）	港区史（赤坂中心）
明治時代	明治四三	一九一〇	大逆事件。韓国併合。	
	明治四四	一九一一	関税自主権を獲得する。	
	明治四五	一九一二	七月三十日、明治天皇崩御。	七月半ば、天皇のご不例が国民に知らされ、人々の案ずる気持は一方ならぬものがあった。東京市電気局は車輪のきしる音が宮城内に響くことを恐れ、半蔵門から三宅坂を通る市電の徐行を命じ、劇場での公演も中止されるなど自発的な謹慎が続いていたが、崩御の知らせは人々に衝撃を与えた。
大正時代	大正一	一九一二	九月十三日、明治天皇ご大葬の儀行われる。	同日、陸軍大将（学習院院長）乃木希典夫妻が赤坂新坂町の自邸にて自刃。
	大正三	一九一四	第一次世界大戦に参加する。	
	大正四	一九一五	十一月十日、京都で大正天皇の即位のご大礼が行われる。	日本国中にご大礼のお祭り気分があふれていたが、東京に連続地震あり。人心、不安に陥る。

大　正　時　代

大正五	一九一六	十一月三日、裕仁親王（昭和天皇陛下）の立太子式（十五歳）。	
大正六	一九一七		大倉喜八郎氏、赤坂葵町に大倉集古館を設立。
大正七	一九一八	大商人による米の買い占めにより米の値段が戦前の四倍以上となり、米騒動おきる。	
大正八	一九一九		三月、新橋、浅草に初の乗合自動車が開通。
大正九	一九二〇	戦後恐慌。第一次世界大戦が終ると軍需や海外市場に依存していた日本経済は深刻な不況に陥る。	当区（現港区域）の人口三三万四人となる。
大正十	一九二一	原敬首相、暗殺される。 高橋是清内閣発足。 三月、裕仁親王、英国訪問ご出発。	
大正十一	一九二二	四月、英国皇太子・エドワード皇太子来日。	エドワード皇太子、今井町（現六本木二丁目）の三井家を訪問。三井家では、能楽堂を新築するなどこの日のために備えた。当日、付近の人々が大勢、歓迎行列をつくって出迎えた。

時代	年号	西暦	日本史（社会、経済、文化）	港区史（赤坂中心）
大正時代	大正十二	一九二三	八月、現職の総理大臣、加藤友三郎が病気で急逝。	
			九月一日、関東大震災おこる。被害は日本全国に及び、死者は約十万名。	当地区では山の手の被害は少なかったが、下町の被害は大きく、罹災者は氷川神社、三井家、九條家などに避難した。
			急拠、山本権兵衛内閣が組閣される。	久邇宮良子様、赤坂に震災のお見舞訪問にこられる。
			十二月二十七日、虎ノ門事件。	裕仁親王が貴族院行啓の為に、赤坂離宮から虎ノ門をさしかかったところ、自称共産主義者によって狙撃されたが、親王はご無事であった。
	大正十三	一九二四	一月二十六日、裕仁親王（今上天皇陛下）、久邇宮良子様ご成婚の儀。	
			第二次護憲運動がおこる。	

時代	年	西暦	事項	赤坂の出来事
大正時代	大正十四	一九二五	治安維持法が公布される。普通選挙法が成立。三月一日、芝浦から日本初のラジオの仮放送開始。	六月、溜池・六本木間に市電開通。
大正時代	大正十五	一九二六	十二月二十五日、大正天皇崩御。	
昭和	昭和二	一九二七	金融恐慌がおこる。	
昭和	昭和四	一九二九		十二月、現氷川公園にあった氷川小学校が類焼によりほぼ全焼。
昭和	昭和五	一九三〇		七月、旧勝海舟邸に氷川小学校新築なる。
昭和	昭和六	一九三一	満州事変おこる。北海道、東北地方、大凶作。天皇は黒田長敬子爵に現地視察を命じる。	この頃、赤坂のダンスクラブ・フロリダ盛況を呈す。
昭和	昭和七	一九三二	五・一五事件 五月十五日、犬養首相暗殺さる。	

時代	年号	西暦	日本史（社会、経済、文化）	港区史（赤坂中心）
昭和	昭和八	一九三三	国際連盟を脱退する。	一月、芝浦岸壁完成。
	昭和十一	一九三六	二・二六事件がおこる。	赤坂の山王ホテル、幸楽に叛乱軍の一部がたてこもり、市街戦の可能性もでて市民は避難を指示された。
	昭和十二	一九三七	日華事変が始まる。	
	昭和十三	一九三八	国家総動員法が公布される。	
	昭和十五	一九四〇	日独伊三国軍事同盟が結ばれる。	
	昭和十六	一九四一	日ソ中立条約が結ばれる。 十二月八日、太平洋戦争開戦（〜一九四五）。	五月二十日、東京港開港。
	昭和十八	一九四三		一月二十六日、第一次建物疎開指定。 七月一日、都制実施される。
	昭和十九	一九四四	戦局、緊迫してくる。	三月五日、学童集団疎開開始。 十一月三十日、芝・六本木空襲。

昭和			
昭和二十	一九四五	三月、江東地域が集中爆撃を受け東京市の四割が焼失した。八月、広島・長崎に原爆が投下される。十五日、敗戦。十一月、財閥解体、独占禁止法。	**五月、赤坂区に大空襲、区の八割を焼失。**赤坂区の被害状況は死者五五一名（当時の赤坂区の人口は五二、〇四二名）、重軽傷一、一〇〇名、全焼戸数九、九六二戸（当時の一一、八七六戸）、罹災者は三〇、六六〇名にのぼった。（『東京都戦災誌』より）
昭和二一	一九四六	天皇人間宣言。農地改革が行われる。労働組合法施行される。日本国憲法公布。	五月十九日、東京で食料メーデー行われ、二十五万人が参加する（この頃、食料事情が深刻になる）。
昭和二二	一九四七		**三月十五日、赤坂区・芝区・麻布区が統合されて港区となる。**戦災で各区の人口分布状態が大きく変化した為と、拡大した自治権の効率化をはかる為、都内三十五区を二十三区に整理統合した。港区の人口一六万四九六六人。
昭和二四	一九四九		関東大震災で焼失した大倉集古館が復興される。

時代	年号	西暦	日本史（社会、経済、文化）	港区史（赤坂中心）
昭和	昭和二六	一九五一	五月十八日、皇太后崩御さる。九月、サンフランシスコ平和条約が結ばれる。日米安全保障条約締結さる。	
	昭和二七	一九五二	五月、占領体制がとけて日本は平和国家として独立の第一歩を踏み出した。	九月一日、区長の公選廃止される。
	昭和二八	一九五三	テレビ放送開始。	
	昭和三十	一九五五		赤坂五丁目にラジオ東京テレビ局開局。赤坂プリンスホテルが元「李土家」跡に営業開始（千代田区紀尾井町）。
	昭和三一	一九五六	ソ連と国交を回復する。国際連合に加盟。	三月、愛宕山に世界初の放送博物館開館。
	昭和三三	一九五八	国際連合安全保障理事会非常任理事国に就任。	十二月二十三日、東京タワー完工式。

昭和			
昭和三四	一九五九		二月一日、六本木の日本教育テレビ（テレビ朝日）開局。三月十五日、地下鉄霞ヶ関・新宿間開通。
昭和三五	一九六〇	日米新安全保障条約が結ばれる。	十月一日、港区の人口二六万七〇二四人になる。ホテル・ニュージャパン営業開始。
昭和三六	一九六一		四月一日、都電汐留・新橋間撤去。
昭和三八	一九六三	部分的核停条約に参加。	十月一日、都電青山一丁目・三宅坂間撤去。青山通り（国通二四六号線）をオリンピック道路にする為、拡張工事行われる。
昭和三九	一九六四	東京オリンピック開催。東海道新幹線開通。OECD加盟。	四月、東京12チャンネル開局。九月、羽田モノレール開業。ホテル・ニューオータニ（千代田区）営業開始。
昭和四〇	一九六五	日韓基本条約調印される。	十月一日、港区の人口二四万一八六一人。
昭和四三	一九六八	小笠原諸島二十三年ぶりに日本に復帰。	

時代	年号	西暦	日本史（社会、経済、文化）	港区史（赤坂中心）
昭和	昭和四四	一九六九	この頃、大学紛争激化する。	**十月二十五日、都電泉岳寺―四谷三丁目、浜松町―北青山一丁目、渋谷駅―天現寺、古川橋―東京港口、撤去。** 赤坂東急ホテル営業開始。
	昭和四五	一九七〇	日本万国博覧会大阪で開催。 国産衛星「おおすみ」打ち上げ成功する。	三月三日、世界貿易センタービルオープン。 十月一日、港区の人口二二万三九六五人。
	昭和四七	一九七二	沖縄諸島が日本に復帰する。	
	昭和四九	一九七四		六月、地方自治法一部改正により区長公選制になる。
	昭和五十	一九七五		三月一日、港区スポーツセンター開場。 十月一日、人口二〇万九四五一人。
	昭和五五	一九八〇		国際新赤坂ビル完成
	昭和五七	一九八二		ホテル・ニュージャパン火災。

昭和			
昭和五八	一九八三		赤坂ツインタワービル完成。 山王ホテル、米軍より返還される。
昭和五九	一九八四		港区の人口、十九万八九九九名（市街地のオフィスビル化のため、人口は年々減少気味）。 二月、霊南坂教会解体工事始まる。 三月、氷川小学校新校舎建築工事始まる。

「赤坂物語」関係人物と社会的できごと対比表

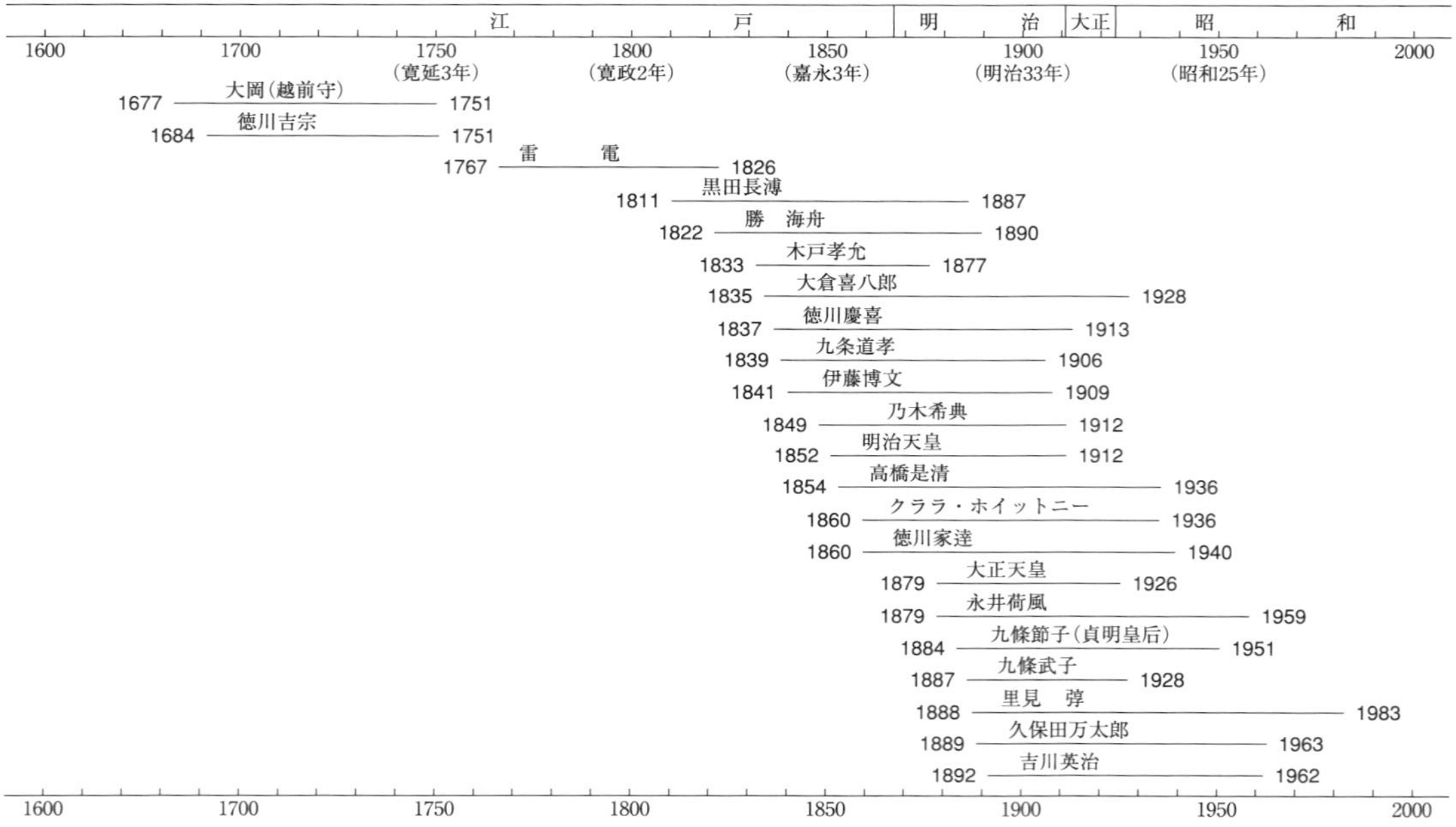

江戸 | 明治 | 大正 | 昭和

1600 1700 1750 1800（寛政2年） 1850（嘉永3年） 1900（明治33年） 1950（昭和25年） 2000

- 徳川吉宗将軍となる 1716
- 公事方御定書を制定する 1742
- 封建社会くずれ始まる
- 田沼意次老中となる 1772
- 天明の大飢饉始まる 1782
- 松平定信が老中となる（寛政の改革） 1787
- ロシア使節ラクスマン根室に来る 1792
- 間宮林蔵が樺太探検 1808
- 外国船打払令 1825
- 大塩平八郎の乱 1837
- 水野忠邦の天保の改革始まる 1841
- ペリー浦賀に来港 1853
- 日米修好通商条約 1858
- 安政の大獄 1859
- 桜田門外の変 1860
- 大政奉還 1867
- 東京へ遷都、版籍奉還 1869
- 西南の役 1877
- 日清戦争 1894
- 日英同盟 1902
- 日露戦争 1904
- 第一次世界大戦 1914
- 米騒動おこる 1918
- 関東大震災 1923
- 金融恐慌 1927
- 満州事変 1931
- 5・15事件 1932
- 国際連盟脱退 1933
- 2・26事件 1936
- 日華事変 1937
- 大平洋戦争 1941
- 長崎・広島原爆投下さる 1945
- 天皇人間宣言 1946
- サンフランシスコ平和条約・日米安全保障条約締結 1951
- 東京オリンピック開かれる 1964
- 日本万博博覧会・大阪で開かれる 1970
- 沖縄諸島日本復帰 1972

1600 1700 1750 1800 1850 1900 1950 2000

■取材協力

○齋藤正造氏　赤坂氷川神社宮司
○九條道弘氏　神宮禰宜（三重県伊勢市）
○勝部真長氏ご夫妻　お茶の水女子大学名誉教授
○栗和田勝信氏　都立西高校元教頭
○浅野保氏　氷川小学校校長
○松下憲三氏　赤坂一ツ木通り商店街振興組合理事長
○福田らく氏　料亭「幸楽」元女将
○佐藤鶴松氏　料亭「新幸楽」元主人
○横溝マサ氏　元「金春本」
○楠野陽氏　虎屋事務管理部部長
○松嶋元次氏　乃木神社禰宜
○佐藤貞介氏　講談社美術局
○藤沢豊氏　赤坂・フジ写真館
○内海徳勝氏ご夫妻　八王子・大乗寺住職
○故　里見弴氏　作家
○故　早川齋平氏　「ビスポーク早川」元社長

ほか、俵元昭氏、石川周子氏、佐藤泰三氏、新野良平氏、猿山睦子氏、浅野時一郎氏、仙石荘介氏、堀内重輔氏、伊東彰夫氏、葉山早苗氏、吉羽志津枝氏、本橋澄子氏、西山幸子氏、中島伸子氏、赤坂図書館、港区役所、港図書館、宮内庁のご協力を戴きました。紙面をお借りしまして心から御礼申し上げます。本当に有難うございました。

■主要参考文献

港区史
赤坂区史
近代沿革図集（赤坂・青山）
港区の文化財第五集（赤坂・青山）
港区の歴史・俵元昭著　名著出版
新撰東京名所図会・東陽堂
霞ヶ関界隈旧事考・古谷治著　新生社印刷
大日本百科事典・相賀徹夫編　小学館
大人名事典・下中弥三郎編　平凡社
元号事典・川口謙二、池田政広著　東京美術社
華族譜要・解題小川省三（維新史料編集会編）大原新生社
日本の歴史・中央公論社
物語藩史・児島幸多、北島正元編、人物往来社
図説昭和の歴史・山本明著　集英社
日本近代文学大事典・小田切進編　講談社
貞明皇后・石川教夫編　主婦の友社
貞明皇后・大日本蚕糸会編
天皇ヒロヒト・L、モズレー著　毎日新聞社
天皇・児島襄著　文藝春秋
天皇とともに五十年・藤樫準二著　毎日新聞社

皇室事典・井原頼明著　冨山房
三代の天皇と私・梨本伊都子著　講談社
過ぎた歳月・李方子
日本紋章学・沼田頼輔著　人物往来社
明治人物逸話辞典・森銑三著　東京堂出版
勝海舟自伝／氷川清話・勝部真長編　広池学園出版部
知られざる海舟・勝部真長著　東京書籍
海舟と蘇峰・白岩重著　梓書房
海舟とホイットニー・渋沢輝二郎著　ティビーエス・ブリタニカ
クララの明治日記・クララ・ホイットニー著（一又民子訳）講談社
海舟座談・岩本善治　岩波書店
乃木希典・大浜徹也著
三井百年・星野靖之助著　鹿島研究所出版会
三井高利・中田易直著　吉川弘文館
三井家の人々・小島真紀著　光文社
関東大震災・吉村昭著　文藝春秋
日本の歴史22、昭和史の開幕・安藤良夫著　文英堂
私の会った美人達・吉屋信子著　読売新聞
お鯉物語・安藤照著　福永書店
「伝記」吉川英治・尾崎秀樹著・講談社

高橋是清・南條範夫著　人物往来社
戦乱と港区・東京都港区立三田図書館
東京日日新聞・東京朝日新聞（明治三十三年五月十日付）
東京朝日新聞（昭和7年7月16日付）
朝日新聞（昭和26年5月16日付）
同　（〃　5月19日付）
毎日新聞（昭和58年10月5日付）
週刊読売9月7日号（昭和55年）
月刊現代7月号（昭和55年）
月刊文藝春秋11月号（昭和55年）

その他

あとがきにかえて

本書は、赤坂の高台に本社ビルを持つ、外資系コンピュータ商社・日本ユニバック株式会社の社内報に過去一年半にわたり連載されたものに、此の度あらためて加筆修正を加えたものです。

そもそものきっかけは三年前(編注、昭和五十六年)。当時の広報室、社内報・編集長より、テーマは任せるから何か新しい企画で書いてみないかと、熱心に勧められたのが始まりでした。

それから、あれこれと企画を練り、第一回目の企画として、以前から心に懸かっていた赤坂の歴史をたどってみようと思い立った次第です。

まず、第一歩は資料集めからと、会社の帰りに赤坂図書館、港図書館に通ううち、ふと手にとった「赤坂・青山・近代沿革図集」は、私にとって衝撃的なものでした。

この本には、江戸時代後期から昭和四十一年までの間、二十年から三十年おきに赤坂の地図があり、町名のほかに大きなお屋敷にはご当主のお名前もしるしてあるのです。

どきどきしながら、ユニバックの地点を昔にさかのぼってゆくと、昭和、大正、明治が九條邸、明治初期に徳川家達《いえさと》邸、江戸後期には水野日向守邸と変わり、あたりを見渡せば、歴史上の人物がきら星のごとく赤坂の町に散らばっているのです。思わず溜息をつきながら思いました。

「これだけの人々が赤坂に居を構えたのには、それなりの理由があるはず。赤坂とは一体……?」

新たな意欲を感じつつ、次の土曜日、国会図書館におもむき、華族の系図を集録した「華族譜《かぞくふ》要《よう》」から、徳川家達氏は大政奉還がなかったら第十六代将軍になるはずの人であったこと、九條家の系図からは、名前の横に「大正天皇皇后」と書かれた女性を発見。思いがけない人物の出現に、はっとして名を確かめると、その方が九條節子《さだこ》様なのでした。

今度は「詳細人名百科辞典」を繰り、それから再び「近代沿革図集」、及び「江戸絵図」、「東京市史稿市街編附図」で確認と、作業を重ねるうち、古い地図はいつの間にか時間と空間を形成して立体的な意味を持ち始め、あぶり出しの絵のように歴史の輪郭が見えてくるのでした。

かくて、恐れ多くも急に大正天皇、皇后両陛下に親しみを感じながらも、お二人のお顔がどうしても思い浮かばないのです。

思えば、栄光の明治と激動の昭和の狭間《はざま》で、大正という時代自体が影の薄い存在であることを余儀なくされているかもしれません。

英邁《えいまい》な資質に恵まれながらも、ご病身であられたという、大正天皇を支えた一人の女性、節子様のご苦労を思いつつ、心の中でそっと決めました。

節子様には物語の縦糸として登場していただこうと。それから、赤坂に住まわれた歴史上の人物を横糸にしてストーリーを組み立て、赤坂の歴史を語ってゆこうと。

そして、語り部は元・勝海舟邸の台地にそびえ立つ、樹齢二百年といわれる、あの大銀杏しかないと……。

◇

こうした経緯《いきさつ》から出発した「赤坂物語」でしたが、他に複数の企画を持っていたこともあり、当初は三回の連載で終了する予定でした。

ところが、第一回目の連載が掲載された直後、氷川神社で宮司をつとめられる齋藤正造氏のお蔭で、思いもかけず「九條家」の末裔《まつえい》、九條道弘氏――九條家嫡流の氏にとって、節子様はおじい様の妹にあたられる――にお会いできたこと。また、氷川小学校の資料室で、部屋の隅に眠っていた節子様のピアノをみつけたこと、など何かに導かれるような不思議な偶然が続き、それに勇気づけられるように長期継続の構えとなりました。

赤坂に関わり深い人を訪ね、資料を探しもとめるうち、出不精の人間がいつか赤坂をとびだして鎌倉、横浜、八王子。果ては、旧赤坂区内の小中学校の校歌、また、赤坂と相対《あいたい》する永田町の高台に立つ日比谷高校の古き校歌の中に、知られざる赤坂の示唆が万に一つあるのではと、歌詞をたどる始末。

本業外の休日の作業でもあり、途中、不安に苦しんだことも度々ありましたが、社内で「この本が役に立つのでは？」と、本を貸してくださった方が数人いらして、感激したこともありました。

本書は物語仕立になっておりますので、補完の意味を含めて、赤坂の歴史年表を作成いたしました。併《あわ》せてお目通し戴けましたら幸いです。

尚、本文中、花柳界の章で登場する、おりんちゃん、こと「染香姐さん」のみは、考えるところがあって架空の人物を設定させて戴きました。

本書の出版に際しては、あき書房の筒井興一氏、日本ユニバック・広報室長の古村浩三氏に大変お世話になりました。

また、快く赤坂の思い出をお話ししてくださった多くの方々に、心からの感謝と御礼を申し上げます。本当に有難うございました。

最後に、時折り暖かい声をかけてくださった友人の方々に、そして数々のイマジネーションと無言の励ましを与えてくれ大銀杏に、心をこめて「有難う」の言葉を……。

昭和五十九年　春

著　者

註　本書は、昭和五十九年にあき書房より出版されたものの新装版です。
新装版の出版にあたり、ご尽力をいただいた方々に心よりお礼を申しあげます。

都市出版株式会社

著者略歴

河端淑子（こうばた　よしこ）

一九七四年、早稲田大学教育学部卒業後、日本ユニバック株式会社勤務。二〇〇一年逝去。

赤坂物語

二〇〇六年五月　八　日印刷
二〇〇六年五月十七日　第一刷発行
二〇一三年八月二十六日　第二刷発行

著者――河端淑子
発行者――高橋栄一
装丁――佐々木秀明
印刷／製本――三報社印刷株式会社
発行所――都市出版株式会社
〒一〇二－〇〇七二　東京都千代田区飯田橋四－四－十二　ワイズビル六F
電話〇三（三二三七）一七〇五／振替〇〇一〇〇-九-七七二六一〇

ISBN4-901783-24-6 C0095